DARRELL L. BOCK, PH.D.

QUEBRANDO O CÓDIGO DA VINCI

Respostas às perguntas que todos estão fazendo

novo século

Firstly Published in Nashville, Tennessee, by Thomas Nelson, Inc.

Direção geral: Luiz Vasconcelos
Supervisão editorial: Silvia Segóvia
Assistente editorial: Lívia Wolpert
Projeto gráfico e Produção editorial: S4 Editorial
Tradução: Eduardo Rado
Capa: Renata Pacces
Revisão: Adriane Gozzo
Marileide Pereira Gomes
Albertina Pereira Leite Piva

Dados Internacionais de Catalogação na Publicação (CIP)
(Câmara Brasileira do Livro, SP, Brasil)

Bock, Darrell L.
Quebrando o Código Da Vinci: respostas às perguntas que todos estão fazendo/Darrell L. Bock; tradução Eduardo Rado – Osasco/SP Novo Século Editora Ltda.

Título original: Breaking the da Vinci Code.
Bibliografia.
ISBN 85-88916-66-5

1. Brown, Dan, 1964 – O Código Da Vinci – Crítica e interpretação 2. Cristianismo na literatura 3. Jesus Cristo na literatura 4. Maria Madalena, Santa, na literatura 5. Santos cristãos na literatura I. Título

04-3892 CDD-273

Índice para catálogo sistemático:

1. Cristianismo : História : Controvérsias doutrinas 273

2004

Novo Século Editora Ltda.
Av. Aurora Soares Barbosa, 405 – 2º andar – Osasco/SP – CEP 06023-010
Fone: 0xx11–3699.7107

Visite nosso site
www.novoseculo.com.br

Impresso no Brasil/Printed in Brazil

Para minha esposa, Sally Bock, e suas duas irmãs, Martha Sheeder e Elizabeth Volmert, que me incentivaram a escrever este livro e fizeram muitas das boas perguntas que ele responde.

AGRADECIMENTOS

Esta investigação é uma resposta a centenas de perguntas que tenho ouvido desde o lançamento de *O Código Da Vinci* no ano passado. Quero agradecer a Thomas Nelson e especialmente a Jonathan Merkh por terem me dado a idéia e a Brian Hampton, Kyle Olund, Dimples Kellogg e Elizabeth Kea pelos preciosos conselhos editoriais. Agradeço também à minha esposa, Sally, e a duas de minhas cunhadas, Martha Sheeder e Elizabeth Volmert. Elas leram o romance e ficaram com muitas dúvidas. Seu incentivo foi minha maior motivação para escrever este livro. Eu o escrevi para elas e para muitos que, como elas, queriam saber o que havia de histórico nas alegações do romance. Um agradecimento especial vai para Kathy Wills. Foi ela quem teve a idéia original deste livro e levou a proposta a Thomas Nelson. Sou grato ao Padre Frank Moloney por sua disposição em escrever o prefácio e esclarecer como outros acadêmicos de um contexto diferente do meu lidam com esses assuntos. Também quero agradecer a Jeanmarie Condon e sua equipe da ABC News, incluindo Yael Lavie e Elizabeth Vargas. Foram eles que me conscientizaram sobre o impacto cultural do romance e me ofereceram o convite para iniciar a pesquisa. Finalmente, agradeço também a alguns colegas, Richard Taylor, Stephen Sanchez, John Hannah e Jeffrey Bingham, que leram e comentaram o material em sua primeira versão. Agradeço especialmente à minha filha, Elisa Laird, que também leu meus esboços com olho clínico e com quem conversei noites adentro sobre as questões levantadas pelo romance em meu livro. A avaliação destas pessoas foi de imensa ajuda.

8 de dezembro de 2003

SUMÁRIO

PREFÁCIO

Milhões de pessoas que seguem a tradição judaico-cristã acreditam que existe apenas um Deus, o Criador do Universo (Gen. 1:1-2:24). Acreditam ainda que homens e mulheres os quais o Novo Testamento chama de "mundo" deram as costas ao Criador. Dessa forma, o pecado entrou no mundo (Gen. 3:1-11:32; Rom. 5:12). No entanto, Deus amou tanto o mundo que enviou Seu único filho (João 3:16). Este filho de Deus preexistente entrou para a história da humanidade assumindo formas humanas (João 1:14). É interessante que os relatos do Novo Testamento não revelem com a mesma ênfase o início da história. Apenas João afirma explicitamente a preexistência de Jesus. O Evangelho de Marcos não sugere que Jesus seja a encarnação de um filho preexistente, e Mateus (Mat. 1-2) e Lucas (1-2) falam de um nascimento humano, resultado, porém, de uma iniciativa do Espírito de Deus. Apenas o Evangelho de João apresenta a entrada de Jesus na história da humanidade como uma encarnação da Palavra de Deus, que existia em união com Deus desde o início dos tempos (João 1:1-2, 14).

Por todo o Novo Testamento, de Paulo a Marcos, Mateus, Lucas e João, e os escritos menos conhecidos como 1 Pedro e a Carta de Tiago, muitas histórias similares contam o modo como Jesus de Nazaré ofereceu à humanidade a oportunidade de retornar à união de paz e amor com Deus e de voltar a estar com aquele Deus no final da história humana na Terra. Partindo da compreensão judaica da história, os cristãos acreditam que Deus fez todas as coisas boas no início e que, no final dos tempos, a mesma ordem e beleza serão restauradas. Mas esse intervalo de tempo entre a glória original narrada no livro do Gênesis e a promessa da glória futura narrada por todo o Velho e Novo Testamento também foi transformado. Segundo o Novo Testamento e toda a cristandade subseqüente, a morte e a ressurreição de Jesus geraram uma "nova criação". Os seres humanos não teriam mais de esperar pelo fim dos tempos para restaurar a ordem divina. Devido à morte e à ressurreição de Jesus, uma renovação de vida e liberdade pôde ser vista na comunidade cristã. A experiência do batismo em Jesus Cristo e a comunhão com uma fraternidade de fé antecipam as promessas de Deus. Os crentes em Deus vivem uma agradável tensão entre o agora, gerado pela vida, os ensinamentos, a morte e a ressurreição de Jesus, e a esperança duradoura na promessa de Deus de uma glória final.

Existem, é claro, muitas variantes nesta declaração central da fé cristã. Na acepção vulgar da palavra história (relatos das ações de Deus que não se dispõem a exaurir os fatos, mas dar testemunho à verdade por meio de narrativas) está a fonte da fé, do amor e da esperança para milhões de pessoas. Grupos pequenos, porém bastante ativos — muitos a serviço de importantes centros de pesquisas, alguns existentes graças à vontade de seus fundadores de refletir seriamente sobre a história cristã — vêm trabalhando para destruir essas histórias. Tentativas de minar a tradição cristã e de mostrá-la como uma fraude sem fundamentos em fatos ou na razão não são novidade. O que é curioso sobre as tentativas de hoje são suas bases acadêmicas. Há algumas décadas o Seminário de Jesus, nos Estados Unidos, vem tentando estabelecer um método científico que determinará *com certeza acadêmica* a história da pessoa, da mensagem e da morte e ressurreição de Jesus.

Não nos interessa discutir seus métodos, mas temos de perceber para onde eles levaram o grupo. A história cristã, acima mencionada é baseada nos chamados Evangelhos canônicos: Mateus, Marcos, Lucas e João. Para o Seminário de Jesus, esses documentos foram tão influenciados pela imaginação teológica do início da igreja cristã que são virtualmente inúteis. Não é novidade a forma como os críticos da primeira metade do século XX consideraram os Evangelhos canônicos como historicamente não confiáveis. A novidade no Seminário de Jesus e daqueles que o seguem é a tentativa de substituir os Evangelhos tradicionais por um documento especulativo conhecido como Q e um Evangelho do século II, o *Evangelho de Tomás*.

Os Evangelhos, como os conhecemos, devem ser tirados da estante e substituídos por uma reconstrução especulativa de um documento anterior a Lucas e Mateus, utilizado por ambos. Os membros do Seminário de Jesus afirmam serem capazes de rastrear a história da criação do Q, suas tendências teológicas e as comunidades que o produziram. Chegaram até a publicar o que chamam de edição crítica do Q. Um novo significado para o termo *edição crítica* chegou aos estudiosos. Agora ele não mais se refere a uma edição baseada em leituras críticas de edições antigas, mas sim a estudos comparativos do que os pesquisadores dizem sobre um documento que não possuímos. O *Evangelho de Tomás*, refletindo tendências gnósticas do cristianismo do século II, é visto com maior tradição histórica autêntica que os de Mateus, Marcos, Lucas e João, escritos entre os anos 70 e 100 da era Cristã, baseados em tradições anteriores a eles. A ação de Deus por meio de Jesus Cristo, segundo nos conta a tradição dos Evangelhos, deve ser retirada da discussão por agora, enquanto redescobrimos o que Jesus *realmente* disse e fez e o que de verdade aconteceu em sua morte.

Uma nova atividade importante de pesquisa surgiu a partir da descoberta de uma biblioteca gnóstica no Egito, em um local chamado Nag Hammadi. Antes dessa descoberta, nossos conhecimentos sobre gnosticismo, uma forma de cristianismo que floresceu de várias maneiras nos séculos II a IV, chegaram até nós por meio de líderes da igreja cristã. Os trabalhos desses padres negaram os escritos gnósticos, citando-os muitas vezes em sua refutação. Agora possuímos documentos gnósticos em primeira mão, ainda que sejam geralmente traduções para o copta de originais em grego. Estes textos mostram que existia uma variedade de interpretações da história de Cristo e uma variedade de formas sob as quais a vida cristã poderia ser vivida. Esta importante e útil descoberta merece toda a atenção e respeito dos pesquisadores. Porém — e este assunto é discutido mais profundamente no livro —, muitos bons pesquisadores sugerem que a história cristã, amada por milhões e anteriormente descrita, foi imposta aos cristãos pela autoridade imperial e eclesiástica. Em outras palavras, por quase dois mil anos, os cristãos estiveram sujeitos ao mesmo tratamento dedicado aos cogumelos. Se você quer criar cogumelos, deve deixá-los no escuro e alimentá-los com lixo. A volta a uma base histórica mais autêntica (Seminário de Jesus) e ao reconhecimento de que a cristandade dos primeiros séculos apresentava algumas facetas que não seriam reconhecidas pela Igreja de hoje (estudos gnósticos) trariam um melhor entendimento sobre o que a igreja cristã pode e deve ser. Aquilo em que milhões de pessoas acreditam é o resultado de terem sido alimentadas com lixo!

Na esteira dessas atividades acadêmicas vem o livro de Dan Brown, *O Código Da Vinci*. Eu o adorei! É uma leitura muito dinâmica. Li o livro todo durante um vôo de Newark a São Francisco. Mas naquelas linhas pude ver os fundamentos das discussões acadêmicas que acabei de descrever. Naquela trama, Brown apresenta novas especulações, presentes há alguns anos em um livro chamado *O Santo Graal e a Linhagem Sagrada*. Este trabalho anterior ao livro de Brown descreve uma sociedade secreta que teve origem nas Cruzadas. A sociedade possuía informações secretas sobre Maria Madalena e sua relação com Jesus. Uma nova ordem da Igreja, a Opus Dei, acrescenta à trama paixão, violência, segredos e corrupção. Fraternidades realmente surgiram durante a Idade Média e elas ainda existem. A Opus Dei é, na realidade, uma ordem de pessoas extremamente conservadoras na Igreja Católica, fortemente respaldada pelo Papa João Paulo II. Brown uniu esses elementos *díspares* — pesquisa séria, especulação sobre as atividades de sociedades secretas e a Opus Dei — para criar uma ótima história de suspense. O que é surpreendente é que o livro atiçou a imaginação de muitos leitores, os quais estão se perguntando se a história do cristianismo, como aqui a descrevi, é puramente resultado do exercício de poder por parte do imperador romano e da forte repressão das vozes discordantes por parte da Igreja Católica Romana. Quando um livro gera uma reportagem de capa na *Newsweek* (dezembro de 2003), é porque está afetando a imaginação das pessoas e merece atenção.

Tais alegações possuem, na verdade, pouco ou nenhum fundamento. Tenho consciência de que isso não é nada simpático de dizer, mas tenho de ser honesto. Portanto, para mim, é um prazer prefaciar este estudo de Darrell Bock. As questões levantadas neste prefácio recebem um tratamento completo e respeitável no presente livro. O professor Bock e eu nos conhecemos apenas recentemente. Ele é um renomado professor protestante do Novo Testamento. Sou professor de teologia e estudos religiosos e também professor de Novo Testamento em uma das maiores universidades católicas dos EUA. Pesquisadores do gnosticismo do século II insistem, e com razão, na necessidade de reconhecer que existiram muitas expressões do cristianismo dando origem a gerações diferentes de seguidores. Eu diria que temos de aceitar o fato de que nenhum sistema teológico ou eclesiástico pode esgotar a riqueza da história cristã. Minhas breves citações sobre as diferentes apresentações da entrada de Jesus na história da humanidade em Marcos, Mateus, Lucas e depois em João não são mais do que apenas uma indicação entre as muitas indicações de que há certas *diferenças* na proclamação da mensagem cristã desde o seu nascimento. Partindo de minha formação católica romana, estou feliz por me juntar à formação protestante de Darrell para afirmar que o mito de *O Código Da Vinci* não possui nenhuma sustentação em sua tentativa de desbancar a história cristã de dois mil anos do que Deus fez por nós por intermédio de Jesus Cristo. Ele quebrou *O Código Da Vinci*. Acredito que muitos vão perceber a abertura — e honestidade! — das páginas seguintes.

Francis J. Moloney, S.B.D., D. Phil

Reitor da Escola de Teologia e Estudos Religiosos

Universidade Católica dos EUA— Washington D.C. 20064

INTRODUÇÃO

Como milhões de leitores inveterados, adoro uma boa leitura. Misture algumas intrigas, personagens históricos, instituições controversas, lugares exóticos e algum mistério a ser descoberto e já conseguiu prender minha atenção. A ficção de entretenimento desperta a imaginação e nos leva a mundos diferentes do que vivemos. Normalmente, a ficção nos pega trabalhando com realidades familiares o suficiente para nos prender dentro de uma experiência nova. É por isso que uma boa história nos diverte desde que Homero começou a descrever viagens épicas pelos mares em *A Odisséia*, centenas de anos antes de Cristo.

Mas a ficção é como uma realidade virtual, um novo fenômeno que aumenta a imaginação. Com a tecnologia, podemos criar um mundo da forma que gostaríamos que ele fosse no lugar do que ele é. O resultado disso também é intrigante e divertido, mas ainda é algo longe da verdadeira realidade. Algumas vezes, a realidade virtual e a realidade são difíceis de distinguir. Saber a diferença entre a ficção e a realidade é importante, em especial nas alegações relacionadas a Deus, ao gênero e à história da fé. Este livro busca examinar tais alegações.

Enquanto escrevo, o romance *O Código Da Vinci* está no primeiro lugar da lista dos mais vendidos do *New York Times*, onde vem ocupando uma boa classificação durante 35 semanas. A primeira página do livro deixa claro que estamos iniciando uma viagem diferente. Tomamos conhecimento de uma sociedade secreta chamada Priorado de Sião, cujos membros incluem personalidades como Isaac Newton, Botticelli (um dos meus pintores favoritos), Victor Hugo e Leonardo Da Vinci. Ao lado deste grupo está a Opus Dei, uma organização católica que supostamente faz uso de lavagem cerebral e coerção. As mentes ocidentais estão preparadas contra a fé antes mesmo de a ação começar. Tudo isso é rotulado como *Fato*. A explicação ao final da página reafirma a questão: "Todas as descrições de obras de arte, arquitetura, documentos e rituais secretos neste romance correspondem rigorosamente à realidade". Esta observação aparece como uma propaganda para prender a atenção do leitor. Mas também nos informa que a história que estamos prestes a ouvir está centrada em um mundo real, historicamente preciso, e não fictício. Isso me parece muito próximo da realidade virtual.

Portanto, surge a pergunta: Quão precisas são as alegações desta obra? Jesus foi casado com Maria Madalena? Teve filhos? A Igreja Católica oculta o fato de que a família de Jesus fugiu para a Gália como forma de preservar sua suposta divindade? A Bíblia surgiu como um instrumento de poder no início do século VI pelas mãos do imperador Constantino depois da vitória final do cristianismo sobre o paganismo? O papel da mulher foi suprimido nos primeiros séculos da fé cristã? Resumindo, a Igreja mente?

No especial exibido pela ABC News em 3 de novembro de 2003, *Jesus, Maria e Da Vinci*, o autor do livro, Dan Brown, afirmou acreditar nessas coisas. Em uma entrevista concedida ao programa *Good Morning America* no dia do especial, ele disse que se fosse escrever uma não-ficção sobre este assunto, não mudaria nada do que afirma no romance. No livro, os personagens principais afirmam que Jesus foi casado e teve filhos. Mais que isso: afirmam que a Igreja Católica mentiu sobre isso e ocultou o fato de que sua esposa e filhos fugiram para a Gália. Na entrevista, Brown confirmou as conclusões dos personagens de seu romance. Ele disse a um público de 15 milhões de telespectadores, em horário nobre, que depois de iniciar sua pesquisa como cético terminou como crente. Na verdade, o que ele disse foi: "Comecei como cético. Quando comecei a pesquisar sobre o código Da Vinci, realmente achava que discordaria de muita coisa das teorias sobre Maria Madalena, o Sangue Sagrado, essas coisas... Passei a acreditar".

Soando quase como um convite evangelista, a confissão de Brown nos faz pensar se essas coisas são mesmo assim e em por que elas importariam. *O Código Da Vinci* não é mais uma obra de ficção. É um romance vestido de alegações de verdades históricas, com críticas a instituições e credos seguidos por milhões de pessoas no mundo todo.

Nas páginas seguintes, examinarei as várias alegações de *O Código Da Vinci*. Como professor pesquisador de estudos sobre o Novo Testamento, sou um estudioso dos primeiros séculos do cristianismo, com especialização no que chamamos de estudos sobre Jesus. Sou um protestante, mas o que digo aqui não tem nada a ver com ser protestante ou católico. É uma questão de lidar adequadamente com registros históricos. Em minha opinião, romancistas não são necessariamente bons historiadores, e isso é importante quando um assunto desse tipo é retratado em forma de entretenimento como uma quase não-ficção. É especialmente importante quando várias idéias acabam construindo uma grande teoria, e cada parte dessa construção é suspeita. Também é importante quando, aqui e ali, algumas pessoas começam a enxergar questões concretas criadas por meio dos personagens principais do romance.

Mas não seria justo apenas reclamar. Nosso papel é explorar o labirinto dessas idéias e estudos antigos. É fácil para os dois lados da discussão fazer alegações. Precisamos considerar o que sabemos e o que está sendo debatido.

Esta obra popular sugere que estas idéias são novas, dados históricos recentemente surgidos. Por exemplo, Teabing, um dos principais personagens do livro, persegue documentos recém-descobertos e reais que revelam verdades sobre Jesus, Maria Madalena e os primórdios da história da Igreja. Na verdade, muito do que é ventilado pelo romance já havia sido dito em 1982 em *O Santo Graal e a Linhagem Sagrada*, onde na quarta-capa podem-se ler perguntas como: "É possível que Cristo não tenha morrido na cruz? É possível que Jesus tenha se casado, tenha tido filhos e que sua linhagem ainda exista? É possível que pergaminhos encontrados no sul da França há 100 anos revelem um dos segredos mais bem guardados da cristandade? É possível que estes pergaminhos contenham o verdadeiro mistério do Santo Graal? Soa familiar? Qualquer um que leia *O Código Da Vinci* reconhecerá estes temas. O romance faz uma alusão ao primeiro trabalho na página 270, reconhecendo ser um "*best seller* aclamado mundialmente". *O Santo Graal e a Linhagem Sagrada* traz um comentário do *Los Angeles Times Book Review* que diz "o bastante para desafiar seriamente muitas das crenças cristãs tradicionais, senão alterá-las". Portanto, dúvidas como as de *O Santo Graal e a Linhagem Sagrada* representam um conjunto de idéias que vale a pena ser examinado com mais profundidade.

Por que uma investigação histórica sobre um livro de ficção?

Sei que muitos dos que leram *O Código Da Vinci* têm perguntas. Alguns, na linha de raciocínio dos comentários sobre *O Santo Graal e a Linhagem Sagrada*, nos perguntam como redefinir nosso entendimento sobre o cristianismo. Espero responder a muitas dessas perguntas não com a roupagem da ficção, mas com um olhar voltado para os textos antigos centrais, alguns dos quais formam a base de *O Código Da Vinci*. Com relação às perguntas em que os dados são escassos, espero apontar onde está a probabilidade real.

Muitas pessoas têm me perguntado sobre o porquê de um romance receber tanta atenção histórica. Ouvi: "Afinal de contas, é só uma ficção!". O assunto deveria ser colocado da seguinte forma: "O autor está se divertindo com a gente, criando um suspense sobre assuntos fascinantes. Pega leve. Não importa. É só um livro". Porém, essa não é apenas uma obra de ficção. O alcance do que ela afirma serem fatos, a impressão que isso nos deixa ao fazer as reivindicações sob a cobertura da ficção e o fato de que isso mexe com um assunto significativo para o nosso próprio conhecimento de nossa cultura tornam importante a avaliação destas alegações. Isso é especialmente verdadeiro quando o assunto é um vasto terreno ignorado pelos leitores do romance. É necessário um guia para este terreno, já que os assuntos da fé e suas relações com Deus são muito importantes para serem deixados na confusa categoria de ficção histórica, onde a idéia é a de que, apesar de ser um romance, a história é um fato.

Como especialista em estudos do Novo Testamento, desde o lançamento desse romance tenho sido perguntado repetidamente sobre vários elementos presentes na obra. Meu primeiro contato com as controvérsias levantadas pelo livro aconteceu em 2003, quando uma repórter do *Beliefnet.com* me perguntou se eu poderia falar com ela sobre a questão de Jesus ter sido casado e a importância de Maria Madalena para a Igreja. Ela estava escrevendo um artigo discutindo as teorias ligadas a Maria Madalena. Concedi a entrevista e passei cerca de uma hora com ela ao telefone mergulhando em vários aspectos das questões. Ao mesmo tempo, achei que ela estava fazendo perguntas estranhas, mas nunca sabemos o que pode virar debate na opinião pública.

No entanto, aquelas perguntas não me saíram da cabeça. Depois, um amigo que trabalha com o Novo Testamento em uma outra escola veio com novas perguntas, enquanto eu me preparava para participar de uma série de seminários sobre Jesus que ele organizava em sua igreja. Ele me alertou para estar preparado para responder a perguntas sobre Jesus e *O Código Da Vinci*. Enviei um e-mail para ele dizendo que não sabia muita coisa sobre o livro, apenas alguns fatos que ele alegava. Uma semana depois do e-mail, recebi um convite da *ABC News* para debater os fundamentos bíblicos das interpretações do livro, junto com outro convite para escrever um artigo-comentário de refutação para o site da emissora.

Já estava na hora de eu ler o livro para poder fazer meus comentários nesse contexto, e não naquele que eu conhecia sobre a Bíblia. Durante a leitura, decidi que havia algo mais de que as pessoas deveriam estar conscientes e avaliar sobre as raízes do romance. Fiz a entrevista com a ABC, escrevi o artigo e concordei em dar algumas aulas de catecismo sobre o livro, a fim de ajudar as pessoas a ordenarem as alegações. Ao mesmo tempo, amigos, colegas e até familiares começaram a me fazer perguntas sobre os assuntos do livro, algumas das quais refletiam um sentimento de que talvez o romance estivesse dizendo algo real e que precisássemos reavaliar nossa fé. Afinal, como quatro milhões de leitores poderiam estar errados?

A última peça do quebra-cabeças foi o chamado de uma editora para escrever um livro sobre esse assunto. O pessoal da editora tinha visto o especial na TV e queria publicar um trabalho que vasculhasse os detalhes. Eu disse a eles que os detalhes envolveriam a pesquisa de uma série de textos antigos obscuros, mas fascinantes, sob vários ângulos. Esses textos viriam de uma grande variedade de comunidades e autores antigos, alguns judeus e outros cristãos. Outros envolveriam a combinação de crenças associadas tanto ao cristianismo quanto ao gnosticismo, outro ângulo filosófico importante no século II. É um universo de nomes não muito familiares, como Flávio Josefo, o historiador judeu do século I, a Qumran, uma comunidade judaica onde os Manuscritos do Mar Morto foram encontrados, e a Nag Hammadi, outra comunidade em que foram encontrados muitos dos chamados segredos dos Evangelhos, que agora chamam a atenção do público. Também envolveria uma viagem por um labirinto de diferentes questões.

Achei que seria uma grande jornada por um universo que a maioria das pessoas ignora, mas onde vivo há tantos anos. Como um Sherlock ou um Indiana Jones guiando viajantes por um emaranhado de pistas, eu poderia ajudar as pessoas a lerem esses textos e examinar as idéias. Poderia debater o que sei sobre esses textos, de onde vieram e se suas idéias são tão novas quanto alguns sugerem. Decidi embarcar em uma viagem investigativa sobre essas idéias, novas ao público em geral, mas há muito discutidas por historiadores deste período. Eu o convido para esta viagem.

A melhor forma de sair do labirinto é trabalhar com um código de cada vez. O romance apresenta sete códigos, assuntos que podem ser transformados em perguntas e apresentados de forma explícita ou implícita na história. Nossa pesquisa para descobrir a validade destes códigos ficará concentrada nos primeiros 325 anos após o nascimento de Cristo, já que as alegações do romance recaem sobre as bases do que surgiu durante esse período.

Este livro é meu esforço para esclarecer as diferenças entre a realidade virtual e a probabilidade histórica. Em outras palavras, espero distinguir claramente o entretenimento fictício dos elementos históricos da fé cristã. Vendo estas diferenças, todos podem quebrar o *Código Da Vinci*. Mas aviso: há surpresas interessantes — e alarmantes! — no caminho.

Ao olhar *O Código Da Vinci* mais de perto, comecei a ver outro código escondido em suas páginas, um que eu reconhecia dos meus estudos do Novo Testamento e do início da história da Igreja. A maioria dos leitores do romance não tem idéia de que este outro código está ali. Eu soube quando comecei a trabalhar no romance, não o tinha visto na primeira vez. *Quebrando o Código Da Vinci* me fez descobrir a presença deste outro código. Esta é outra razão pela qual escrevi o livro: trazer à superfície o código por trás de *O Código Da Vinci*. Este segundo código surgirá enquanto examinamos o romance. Mantenha os olhos abertos enquanto ele se revela a partir das pistas que encontraremos. Esse código é um elemento-chave por trás da razão de o romance ter se tornado um fenômeno de vendas e do porquê de as questões levantadas pelo livro terem merecido uma reflexão e estudo cuidadosos.

Pelo fato de nosso estudo possuir múltiplas fases, devemos considerar Maria Madalena em dois pontos distintos de nossa investigação: um inicial e outro final. O ponto inicial é centrado especificamente na relação de Maria Madalena com Jesus. Por fim, voltaremos a ela para tentar entender por que a figura de Maria Madalena é importante. Mas antes de começarmos temos de examinar vários documentos antigos nos quais ela aparece. Alguns são usados pela Igreja há séculos e outros vêm recebendo atenção renovada em estudos sobre escritos secretos fora da Bíblia.

Como um bom investigador, sei de que maneira montar as peças do mistério envolvendo o código Da Vinci. Cada capítulo vasculhará o que sabemos, como sabemos e o que devemos pensar juntos. Revisaremos vários textos antigos, pois eles revelam muito sobre a história que *O Código Da Vinci* tenta retratar. Se você se sentir perdido, consulte o Glossário ao final do livro, onde estão a história destes textos antigos, as definições dos principais termos e o resumo de personagens centrais. Veja-o como seu guia de informações. Ele está ali para que você sempre tenha certeza de onde está. Se você é fã de Sherlock Holmes ou de Indiana Jones, acho que vai embarcar nesta aventura. Apenas aqui estaremos lidando tanto com ficção quanto com história. Qual é a diferença entre a realidade virtual e a realidade histórica quando se fala em Jesus, Maria Madalena e *O Código Da Vinci*? Vamos ver se podemos descobrir.

Código 1

Quem foi Maria Madalena?

Começaremos com a mulher-chave de nosso estudo, Maria de Magdala. Em *O Código Da Vinci*, ela é esposa de Jesus e mãe de seus filhos, e esse é o segredo que a Igreja quer esconder para preservar a divindade de Jesus. No romance, ela também está diretamente relacionada ao Santo Graal, cuja associação surge por meio da idéia do Sangue Sagrado e sua linhagem (p. 267), o *Sangreal*. O jogo de palavras com o termo *Sang Real* nos leva a uma conexão com o Santo Graal. A hipótese é a de que a história do Santo Graal realmente indica que a linhagem sagrada de Jesus e Maria Madalena foi para a Gália. A idéia é claramente exposta em *O Santo Graal e a Linhagem Sagrada* como uma hipótese. Na verdade, a ligação entre Maria e o Santo Graal é um acréscimo do século XX à lenda do Santo Graal. Além disso, o jogo de palavras em que se baseia vem do período medieval e não faz parte do significado original do termo.

Em *O Código Da Vinci*, é dito que Maria está no afresco de Leonardo Da Vinci, *A Última Ceia*. A prova é a forma em 'V' à esquerda de Jesus, visível ao olhar para a pintura (p. 261). Este é o símbolo do feminino, e a figura de aparências femininas à esquerda do 'V' é Maria Madalena (a página 255 do romance fala sobre este 'V'; veja a pintura do afresco na capa deste livro). Leonardo conhecia esse segredo genealógico e deixou uma pista dele em sua pintura. É desse detalhe que o romance empresta seu título, *O Código Da Vinci*. Todas essas idéias aparecem na metade do livro (p. 259-262). Por isso tudo, Maria é logicamente a personagem pela qual devemos iniciar nosso estudo. Quem era ela? Que relação teve com Jesus?

Maria Madalena sempre esteve cercada por uma atmosfera mística. Nos anos 60 foi sempre figura-chave em musicais sobre a vida de Jesus. O interesse por ela não diminuiu e reflete a curiosidade que ela despertou desde o início. Parte da razão desse interesse é o fato de que existem poucos registros sobre ela. Outro fator sobre histórias como as de Maria é que quando há pouca informação, há o desejo de completar a história. Provar ou desmentir o que se diz a respeito dela é algo muito difícil. Iremos passo a passo. Vamos tratar agora apenas da relação familiar de Maria Madalena com Jesus, a questão central das alegações do romance. Em outro capítulo, mais adiante, voltaremos a Maria e a explorar o que seu símbolo se tornou para nossa cultura.

Maria no Novo Testamento

Maria é um nome que aparece sete vezes no Novo Testamento, e, na maioria das vezes, esse nome vem seguido de um aposto: (1) Maria, mãe de Jesus (Lucas 1:30-31); (2) Maria de Betânia (João 11:1); (3) Maria, mãe de Tiago, que não era irmão do Senhor (Mat. 27:56); (4) Maria, esposa de Clopas (João 19:25); (5) Maria, mãe de João Marcos (Atos 12:12); (6) outra Maria não identificada (Rom. 16:6); e (7) Maria Madalena, distinta por referência a seu nome, Magdala (Lucas 8:2). Tais descrições nos ajudam a classificar as pessoas nesta lista. Não existem rodeios para mencionar a condição familiar como forma de descrição. Normalmente, a ligação com um homem é o fator de distinção, como com a mãe de Jesus, a mãe de Tiago, a mãe de João Marcos e principalmente a esposa de Clopas. Tais ligações refletem a cultura patriarcal do século I, que era culturalmente centrada no homem. Esta denominação freqüente das mulheres ligada ao homem é um ponto importante quando nos perguntamos se Jesus foi casado.

O nome Maria é, na verdade, uma forma moderna para o nome judeu Miriam. Era um nome extremamente popular para as mulheres na Antiguidade, o que contribuiu para a confusão de pessoas. Maria Madalena não está associada a nenhum homem, ainda que devesse estar se houvesse uma tal relação a ser apontada. Em vez disso, Magdala, a cidade em que viveu é o que a identifica. Assim, Maria Madalena significa Maria de Magdala. Magdala hoje é provavelmente a cidade de Migdal, próxima ao Mar da Galiléia, em Israel. O principal ministério de Jesus aconteceu na região do Mar da Galiléia.

Maria Madalena no Novo Testamento

As passagens bíblicas que falam de Maria de Magdala aparecem em quatro situações diferentes.

Primeira, ela era uma discípula que recebeu um exorcismo de Jesus e fazia parte do grupo de mulheres que viajava e dava suporte a ele e a seus discípulos (Lucas 8:1-3). Muitas mulheres viajando juntas não era tão incomum. Incomum seria se Maria Madalena estivesse viajando com o grupo de discípulos sozinha.

Segunda, ela estava presente à crucificação como uma testemunha que, sem dúvida, se compadecia do destino de Jesus (Mat. 27:55-56 com a mãe de Tiago e José e a mãe dos filhos de Zebedeu; Marcos 15:40-41; João 19:25). Em todas as referências sobre sua presença no ato da crucificação, ela não aparece sozinha. Era parte de um grupo de mulheres. Mateus descreveu as mulheres como aquelas que seguiram Jesus desde a Galiléia, pregando junto com ele. Marcos as identificou como pessoas que seguiram Jesus na Galiléia e pregaram junto a ele. A descrição de João é semelhante. Maria não aparece isolada, mas como parte de um grupo de mulheres, e muitas delas, presentes à crucificação, estavam ligadas a personagens masculinos conhecidos. Se houvesse alguma relação entre Maria e Jesus, haveria oportunidades suficientes para que isso ficasse claro nos textos antigos.

Terceira, alguns textos citam Maria Madalena no local da crucificação, no momento ou após Jesus ter sido deitado (Mat. 27:67 com a outra Maria; Marcos 15:40 com Maria, a mãe de Tiago, o jovem, e de José e Salomé, junto de outras mulheres). Em outras palavras, as mulheres denominadas eram importantes entre aquelas citadas. Mais uma vez, Maria não foi mencionada em particular.

Quarta, todos os outros textos bíblicos sobre Maria Madalena a retratam como uma testemunha da ressurreição de Jesus. Segundo Mateus 28:1, ela voltou ao túmulo junto com a outra Maria para consagrar o corpo que ambas acreditavam ainda estar ali no terceiro dia após a crucificação. Marcos 16:1 se assemelha à lista que inclui Maria, mãe de Tiago e Salomé. Nas traduções para o inglês que se referem a Marcos 16:9, ela é citada como aquela a quem Jesus apareceu e que recebeu um exorcismo, combinado com o que os relatos da ressurreição e Lucas 8 nos contam. (Há uma discussão acadêmica sobre se Marcos 16:9-20 é parte original do Evangelho de Marcos, mas essa questão não deve nos tomar atenção, pois nada é acrescentado ao que nos dizem os textos tidos como autênticos.) Lucas 24:10 denomina Maria como membro de uma comitiva — Joana (Lucas 8:2-3) e a mãe de Tiago e um número não determinado de outras mulheres — que anunciou a ressurreição de Jesus aos apóstolos e aos outros. Naquele momento, ninguém acreditou no que ela dizia. Os relatos bíblicos são impressionantemente honestos ao admitir que os discípulos não anteviram a ressurreição de Jesus.

De longe, o relato mais importante é a aparição de Jesus a Maria em João 20:11-18; esta é a única passagem no Novo Testamento em que Jesus e Maria Madalena estiveram juntos sozinhos. Ela se agarrou a ele, e Jesus pediu que ela o largasse. Tal comportamento era incomum na cultura judaica e seria visto com estranheza em circunstâncias normais, porque demonstrações públicas de afeto entre pessoas não relacionadas não eram culturalmente aceitáveis, exceto em casos como o beijo sagrado (Rom. 16:16). A emoção do momento fez com que Maria agarrasse Jesus com alegria e surpresa. Não existe nenhuma conotação sexual no que aconteceu, como alguns sugerem. Ela simplesmente reagiu com espontaneidade, recebendo com um abraço e surpresa a nova existência de Jesus.

Tal reação é compreensível se pensarmos que ela acreditava que Jesus estivesse morto e que já se havia despedido para sempre do mestre que mudara sua vida.

Ela sai de cena, a testemunha da ressurreição de Jesus (João 20:18). Levou a mensagem da ressurreição que Jesus ressurreto pediu que espalhasse. Era um apóstolo, não nos termos que designam os 12 a quem Jesus escolheu para ensinar os discípulos, mas no sentido vulgar de "enviado, mensageiro". Devemos voltar a este papel apostólico em um capítulo mais adiante. É o ponto mais importante sobre Maria que os Evangelhos nos contam.

Esta é a totalidade das referências a Maria Madalena no Novo Testamento: 11 passagens no total (12, se contarmos Marcos 16:9). Ela era um discípulo e viajante que acompanhava Jesus junto a um grupo de mulheres. Jamais foi relacionada a Jesus de outra forma. Embora outras mulheres do grupo estivessem ligadas a homens como familiares, Maria não estava relacionada a ninguém. Foi uma testemunha da crucificação, do enterro e da ressurreição. Apenas isso.

Maria Madalena em textos-chave fora da Bíblia

Os Padres da igreja

As primeiras referências da Igreja sobre Maria Madalena, exceto as de materiais gnósticos e afins que trataremos em outro capítulo, seguem este mesmo padrão. Ela era um discípulo fervoroso, seguidora de Jesus, que testemunhou a sua morte, enterro e ressurreição.

Há um texto interessante de Hipólito, um Padre da Igreja no século III. (Um Padre da Igreja significa um alto líder da Igreja durante seus primeiros séculos.) A história começa com o reconhecimento entre os primeiros cristãos de Maria como "apóstolo dos apóstolos" (Ann Graham Brock, *Mary Magdalene, The First Apostle*, p. 1). Alguns acreditam que o termo se refira à aceitação de um alto posto de Maria na Igreja (Brock, p. 161, n. 2), mas um olhar mais atento revela que o texto não está se referindo a nenhum posto, e o título nem mesmo aparece no singular. Na verdade, a expressão singular aparece em uma situação não muito clara durante a Idade Média, por volta do século X. A questão sobre o posto é uma dedução do fato de Maria estar entre as primeiras pessoas a ver Jesus. A observação de Hipólito aparece em seus comentários sobre o livro do Novo Testamento, Cântico dos Cânticos (Cântico de Salomão), que diz: "Para que as mulheres apóstolos não duvidassem dos anjos, Cristo apareceu para elas para que fossem os apóstolos de Cristo e por meio de sua obediência corrigir o pecado de Eva... Cristo apareceu para os apóstolos (homens) e disse a eles: ... 'Sou eu quem apareceu para estas mulheres e sou eu quem quis enviá-las a vocês como apóstolos'".

Isso nos remete ao papel de testemunha de todas as mulheres que viram o túmulo vazio, ainda que a passagem de Hipólito dê atenção maior a Maria e Marta. Este texto que aparece em uma passagem que interpreta o Cântico dos

Cânticos nos dá maiores detalhes. As mulheres que testemunharam o renascimento de Jesus estão associadas à idéia de que a Igreja como um todo é a noiva de Cristo (Efe. 5:22-23). (O Cântico dos Cânticos era lido nos primórdios da Igreja como sendo sobre o casamento espiritual de Jesus e sua Igreja.) Essas mulheres representam a Igreja como um todo, mas nos comentários de Hipólito representam a Igreja como grupo. Portanto, Hipólito nos diz que mulheres como Maria Madalena funcionaram como testemunhas, aprovadas por Jesus, da ressurreição. Voltaremos a este texto no Código 6.

Em outros materiais dos Padres, não há mais nada relevante sobre Maria. Tais textos a descrevem da mesma forma que os Evangelhos bíblicos.

Um texto gnóstico-chave sobre o beijo de Jesus e Maria

Outra fonte são os textos cristãos gnósticos que enfatizam o ensinamento direto dos mistérios. Discutiremos os textos gnósticos mais detalhadamente nos Códigos 4 e 5, mas uma passagem conhecida envolve um texto que descreve o beijo de Jesus em Maria (Evangelho de Filipe 63:32–64:10). Este texto foi composto na segunda metade do século III, cerca de 200 anos após a época de Jesus. Descreve Maria como "companheira" de Jesus. Dentre todas as passagens que podem sugerir que Jesus tenha sido casado, esta é a mais importante.

Porém, o ponto central do texto está fragmentado em 63:33-36 e diz: "E a companheira de [...] Maria Madalena.

[... amou] a ela mais que a [todos] os discípulos e [costumava] beijá-la [sempre] na [...]". Os colchetes indicam lacunas no texto, pontos em que a leitura não é possível devido a estragos no manuscrito. Aqui temos um mistério para desvendar!

Trabalhar com textos antigos fragmentados exige habilidade. Algumas vezes, há grandes debates sobre o que o texto completo estaria dizendo. Em outros casos, em que as palavras são substituídas por colchetes, podemos deduzir a leitura devido ao contexto e ao tamanho da lacuna. Especialistas deduzem qual palavra específica se encaixa nas lacunas pelo número de letras ausentes e traduzem o resultado. Como na seguinte frase, por exemplo: "Minha mulher me mandou para o mercado [...] comprar ovos". Em casos assim, é fácil descobrirmos que a frase completa seria "Minha mulher me mandou para o mercado PARA comprar ovos". Mas em casos em que há uma boa variedade de opções para as lacunas, não se pode ter certeza sobre o que o texto completo dizia.

Neste texto envolvendo Maria, alguns argumentam que ela pode ter sido beijada na bochecha ou na testa, já que ambos os termos se encaixam na lacuna. Outros preferem a hipótese de um beijo na boca por causa de uma passagem semelhante no Evangelho de Filipe 58:34–59:4, que diz: "Por isso, a palavra perfeita concebe e dá nascimento por meio de um beijo. Por essa razão nós também nos beijamos uns aos outros. Somos concebidos da graça que nos é comum". Esta leitura de Filipe 63:33–36 é discutida em *The Gospel of Mary of Magdala*, da professora Karen King, em que ela defende a opção do beijo na boca por causa da semelhança com Filipe 58-59

(p. 204, n. 50). A teoria dela também sustenta que, embora haja uma referência explícita a um beijo na boca em Filipe 63, a referência em Filipe 58–59 é a de um beijo de amizade entre irmãos de fé, sem nenhuma conotação sexual. Isso remete ao "recebimento íntimo dos ensinamentos espirituais" (p. 146). Temos de perceber que o local do beijo mencionado em Filipe 58–59 não está claro.

King não junta ambas as observações sobre estas duas passagens, mas eu vou juntá-las. Se o beijo em Filipe 63 é semelhante àquele em Filipe 58–59, então a referência provavelmente fala de um beijo de amizade. Se é assim, o beijo pode ser na bochecha e não na boca. King sugere (na minha opinião, com razão) que Maria esteja simbolicamente associada à sabedoria, e que esta ligação espiritual esteja por trás da referência (p. 145). Ela provavelmente faz tal sugestão porque textos dessa natureza carregam, em geral, uma linguagem mais simbólica e espiritual do que uma linguagem literal, como observam alguns estudiosos. Mesmo se a referência for a um beijo na boca, não há fundamentos para que o texto indique uma situação sexualizada. A referência simplesmente descreve uma relação terna e espiritual.

Outro termo-chave em Filipe 63:34 é um empréstimo do grego encontrado em textos em copta. Um empréstimo é uma palavra retirada de outra língua. Portanto, a palavra-chave aqui é uma palavra grega. A palavra é *koinonos* e é traduzida como "companheira". Esta palavra pode significar "esposa" ou simplesmente "irmã", no sentido espiritual. Mas ela não é um termo comum para "esposa", que em grego seria *gyné*.

King faz uma série de perguntas sobre o texto em Filipe 63: "Maria Madalena está aqui associada à sabedoria? Foi por isso que o Salvador a amou mais que aos outros discípulos? O beijo significa que Maria e o Salvador tinham um relacionamento sexual ou era apenas espiritual?" (p. 145). King sugere que Maria é vista como a sabedoria no texto, o que a torna mãe dos anjos, irmã espiritual do Salvador e sua contraparte feminina. Nada aqui sugere um casamento real.

A passagem é cheia de interpretações espirituais para nos lembrar de que é disso que ela trata. As referências nela são mais provavelmente a uma relação espiritual, dada a variedade de relacionamentos que Maria tem neste Evangelho. Quando analisamos a freqüente simbologia espiritual nesse tipo de textos que compara o nascimento da sabedoria a um nascimento natural, concluímos que casais homem-mulher são apenas uma metáfora, não um dado histórico.

Há, portanto, muitas incertezas no texto de Filipe 63. Não conhecemos a verdadeira relação de Maria nem com quem Maria Madalena esteve relacionada no início desta passagem, embora seja provável que ela tenha sido a "companheira" de Jesus. Também não sabemos em que lugar ela foi beijada, embora possa ter sido na boca. No caso de uma descrição de um beijo na boca, temos algo incomum. O beijo não aponta um grau de intimidade entre Jesus e Maria, mas provavelmente representa uma aproximação espiritual entre companheiros no nascimento da criação, associado à sabedoria. É muito menos provável que haja algo sexual ou que o estado civil dos dois esteja sendo insinuado.

Um texto sobre a predileção de Jesus por Maria

Uma outra passagem importante vem do *Evangelho de Maria Magdala*, do século II (*Evangelho de Maria*). Nele, Pedro confrontava o papel de Maria como destinatária de uma revelação especial de Jesus. Um elemento controverso do gnosticismo (ou outro movimento cristão similar) envolve o modo como seus seguidores se diziam recebedores de revelações especiais adicionais. Esse texto parece refletir o modo de lidar com os conflitos sobre Maria de uma forma simpática, ao mesmo tempo em que é atacado por alguns dos apóstolos-chave. O texto está no Evangelho de Maria 17:10–18:21. Ele diz:

> Mas André respondeu e disse aos irmãos: "Dizei o que tendes para dizer sobre o que ela falou. Eu, de minha parte, não acredito que o Salvador tenha dito isso. Pois esses ensinamentos carregam idéias estranhas". Pedro respondeu e falou sobre as mesmas coisas. Ele os inquiriu sobre o Salvador: "Será que ele realmente conversou em particular com uma mulher e não abertamente conosco? Devemos mudar de opinião e ouvi-la? Ele preferiu ela à nós?" Então Maria Madalena se lamentou e disse a Pedro: "Pedro, meu irmão, o que estás pensando? Achas que inventei tudo isso no mau coração ou que estou mentindo sobre o Salvador?" Levi respondeu a Pedro: "Pedro, sempre fostes exaltado. Agora te vejo competindo com uma mulher como adversário. Mas, se o Salvador a fez merecedora, quem és tu para rejeitá-la? Certamente o Salvador a conhece bem.

> Daí tê-la amado mais do que a nós. É antes o caso de nos envergonharmos e de assumirmos o homem perfeito, e de nos separarmos, como Ele nos mandou, e pregarmos o Evangelho, não criando nenhuma regra ou lei além das que o Salvador nos legou."

Pedro estava confuso porque Maria, uma mulher, recebeu revelações de Jesus que os outros apóstolos não receberam. A imagem de Maria foi arranhada pelo desafio de Pedro, mas Levi (provavelmente a ser igualado a Mateus) saiu em sua defesa: o Senhor a escolheu para o papel. Jesus a tornou merecedora e a conhecia bem. A implicação é que Jesus a conhecia bem o suficiente para saber se era merecedora de receber uma revelação exclusiva. Desse conhecimento sobre Maria vinha o amor excepcional de Jesus por ela. Não existe nenhuma indicação de que Maria tivesse um *status* familiar. Era simplesmente a beneficiária de uma revelação especial de Jesus. Nada no texto indica algo além de Jesus ter aparecido para ela sozinho.

Mais um ponto duvidoso permanece. Ele vem de um artigo de Craig Blomberg publicado no *The Denver Journal*. O autor cita a ênfase em Maria, mãe de Jesus, na Igreja Católica Romana e faz uma boa observação sobre a teoria de um casamento de Maria Madalena. Ele diz:

> Devo acrescentar que, com o início do culto a Maria, mãe de Jesus, no Catolicismo Romano, provocado pelo desejo de que houvesse uma figura feminina quase divina ao lado de Deus Pai, se Jesus tivesse se casado, tal mulher dificilmente desapareceria sem nenhum regis-

tro histórico. Ao contrário, ela teria sido venerada e adorada, principalmente nos núcleos católicos que *O Código Da Vinci* coloca contra a revelação da "verdade" sobre o casamento de Jesus.

Concordo. A razão de não haver nenhum registro histórico é porque Maria não se casou com Jesus. No meu escritório há 38 volumes de documentos do início da Igreja, cada um com centenas de páginas de duas colunas e letras pequenas. O fato de que, no meio de todo esse material, apenas dois textos possam ser apontados como evidências antigas desta teoria mostra o quanto ela é improvável.

E quanto a Maria Madalena nos apócrifos?

Com relação a todos os textos que examinamos, cabe uma observação: não há nenhum texto fora da Bíblia indicando que Jesus tenha se casado ou que Maria Madalena tenha sido sua esposa. Isso confere com o que está no Novo Testamento. Uma pesquisa desses textos e de suas difíceis metáforas mostra que Maria era vista como uma das primeiras testemunhas da ressurreição, algo que o Novo Testamento já ensina. Voltaremos a essas passagens nos Códigos 4 e 5. Por enquanto, estamos interessados apenas no que eles dizem sobre a idéia de *O Código Da Vinci* de que Jesus tenha se casado com Maria Madalena.

Esses textos, seja qual for seu propósito definitivo, não confirmam nada. Nem mesmo apontam um motivo para que Jesus tenha sido casado.

Maria Madalena era prostituta?

Nenhum dos textos que pesquisamos refere-se a Maria Madalena como prostituta. Essa idéia é muito popular em alguns segmentos da Igreja e também entre as pessoas em geral. Mas de onde surgiu esse conceito tradicional sobre ela?

A primeira citação de Maria como prostituta aconteceu em uma homilia (ou sermão) do Papa Gregório, o Grande, no ano de 591. Muito provavelmente, essa idéia é resultado de uma confusão entre passagens dos Evangelhos de Lucas e João.

No meio do ministério de Jesus, uma pecadora sem nome o consagra na casa do leproso Simão (Lucas 7:36-50). O texto não chama esta personagem sem nome de prostituta, mas a conclusão é que seus pecados envolviam promiscuidade sexual. A prostituição é a hipótese mais provável, mas ela poderia ter sido simplesmente uma adúltera.

O outro texto é Lucas 8:1-3, em que Maria Madalena é chamada pelo nome. Ela é identificada como beneficiária de um exorcismo feito por Jesus. Não há nenhuma menção ao fato de ela ter consagrado alguém.

Um terceiro texto é João 12:1-8. Maria de Betânia consagra Jesus em público ao final de seu ministério de seis dias antes da Páscoa judaica.

Podemos resolver este mistério rapidamente e seguir adiante. Quase todos os estudiosos concordam quanto a isso. Lucas 8:1-3 apresenta Maria de Magdala como se ela fosse uma nova personagem. Ele não faz nenhum esforço no sentido de associar Maria à cena anterior de seu Evangelho envolvendo a pecadora que consagra Jesus no meio de seu ministério. Seria muito fácil dizer que ela era quem havia consagrado Jesus, mas ele não diz isso.

Então por que alguns diriam que ela era uma prostituta? Se alguém igualar a mulher desconhecida de Lucas 7 a Maria de Magdala de Lucas 8 (confusão nº 1) e depois ligar essa referência a Maria com Maria de Betânia (confusão nº 2), poderá sugerir que Maria da Magdala era uma prostituta. Além disso, as duas consagrações similares (em Lucas 7 e João 12) tornam tal ligação plausível. Mas não há nenhuma Maria na primeira consagração, e o momento de cada uma das consagrações é diferente o suficiente para evitar a confusão. Um mistério foi desvendado: a associação de Maria Madalena com prostituição é muito improvável.

O que podemos dizer sobre Maria Madalena?

Sabemos que Maria Madalena era um discípulo de muita fé, que esteve presente à crucificação, ao enterro e à ressurreição de Jesus. Ela não era prostituta. Alguns textos posteriores sugerem que ela teve o privilégio de receber revelações de Jesus. Examinaremos a importância de seu real papel mais tarde, mas por enquanto já sabemos que ela não foi casada com Jesus. Ao menos não há indícios na Bíblia ou fora dela que digam que ela tenha sido casada com Jesus. Um fato importante no romance foi desmentido. O primeiro Código Da Vinci está quebrado. A teoria de que Maria e Jesus foram casados não dispõe de provas presentes nas passagens bíblicas associadas a Maria Madalena.

Mas o que pode provar algo do lado de Jesus? Existe algum indício de que ele tenha sido casado com qualquer outra mulher que não fosse Maria? Chegamos ao Código 2. Existe algum mistério que revele um casamento de Jesus?

Código 2

Jesus foi casado?

Perguntaram a Dominic Crossan, o conhecido e liberal estudioso sobre Jesus, no *Beliefnet.com* se Jesus havia se casado. Sua resposta sarcástica começou assim:

> Há um princípio antigo e venerado na exegese (interpretação) bíblica: o que se parece com um pato, anda como um pato e grasna como um pato, deve ser um camelo disfarçado. Vamos aplicar esse princípio ao suposto casamento de Jesus. Não existe nenhum indício de que Jesus tenha se casado (parece um pato), várias indicações de que não tenha se casado (anda como um pato) e nenhum texto antigo que sugira mulher e filhos (grasna como um pato)... então ele só pode ter tido um casamento secreto (um camelo disfarçado).

De certa forma, ouvir tal pergunta sobre se Jesus foi casado soa estranho. Quase todo mundo entende que Jesus era tão dedicado ao seu ministério que permaneceu solteiro.

Uma visão sobre as alegações de que Jesus foi casado

Embora concorde com a avaliação de Crossan, responder com humor ou simplesmente desviar-se da questão sobre se Jesus foi casado é uma reação inadequada. Algumas pessoas deram as razões de por que acreditam que Jesus tenha sido casado. Em *O Código Da Vinci*, a Opus Dei tenta encobrir o fato de que Jesus tinha uma família e filhos para proteger sua santidade. No romance, a Opus Dei é uma sociedade secreta da Igreja, cujo objetivo é proteger a Igreja de todas as formas. O romance sustenta a teoria do casamento de Jesus em duas bases: (1) Não se casar seria antijudeu (p. 262); (2) De acordo com os escritos gnósticos, Jesus beijou Maria na boca e os apóstolos tinham ciúme de sua relação com ela (p. 263-264). Para completar este estudo, quero acrescentar outros argumentos de fora do romance freqüentemente apresentados para sustentar a teoria de um casamento de Jesus.

Mas antes devo dizer algumas coisas. (1) Não há nenhuma prova que indique explicitamente que Jesus tenha se casado. (2) Uma das poucas coisas em que concorda a grande maioria dos estudiosos, liberais e conservadores, sobre Jesus é que ele foi solteiro. Crossan, em seu artigo no *Beliefnet.com*, não viu a necessidade de defender o ponto de que Jesus foi solteiro. Para ele, isso era óbvio. É muito incomum nos estudos sobre Jesus que estudiosos de todas as linhas concordem em um ponto. Quando isso acontece, deve ser notado. Um ponto de unanimidade é quase sempre correto. (3) Por outro lado, não há nenhum texto explícito declarando que Jesus era solteiro. (4) Seria fácil para os escritores do Novo Testamento em várias ocasiões, dizer que Jesus era casado, se esse fosse o caso. (5) Mesmo se Jesus tivesse se casado, isso não teria o efeito devastador sobre sua divindade que as visões conspiratórias alegam.

Vamos começar pelo último ponto. Jesus fez muitas coisas que desabonaram sua condição divina. Ele comia, bebia, dormia, cansava-se, viveu e morreu. Seu dia-a-dia era o normal de uma existência humana. Sua vida era diferente por causa de sua relação com Deus, de seu acesso ao poder divino e de sua ressurreição. Uma das crenças mais básicas da fé cristã é que Jesus era 100% humano. Então, se tivesse se casado e fosse pai, sua relação conjugal e sua família teoricamente não diminuiriam sua divindade, mas seriam apenas reflexos de sua completa humanidade. Se Jesus tivesse se casado, não haveria motivos para que tal fato fosse escondido. Os argumentos racionais sobre o acobertamento de supostas relações não têm fundamento na teologia. Na teoria, se Jesus tivesse se casado, ainda poderia ter sido o que foi e feito tudo o que fez. Isso nos leva a uma outra pergunta: que indícios existem de que Jesus foi casado ou não?

1. Maria viajava com Jesus

Vamos considerar o raciocínio surgido para alegar que Jesus foi casado. A principal evidência está em Lucas 8:1-3, que já vimos anteriormente. Três mulheres viajaram com Jesus dando assistência aos membros de seu ministério. A alegação é que viajar com homens ou acompanhá-los dessa forma era culturalmente incomum. Isso é verdade. A dedução, portanto, é que Jesus e Maria deveriam ser casados para que esta situação fosse normalmente aceitável.

Porém, para chegar a tal dedução, devemos ligar essa idéia a textos adicionais posteriores. Esses textos dizem que Jesus tinha uma relação especial com Maria Madalena. Tal ligação se faz necessária porque Lucas 8:1-3 cita três mulheres: Suzana, Joana e Maria Madalena. Se viajar com os discípulos em ministério sugere um casamento, então Maria devia estar exclusivamente relacionada a Jesus, o que Lucas 8:1-3 não faz.

2. Outros textos mostram que Jesus e Maria tinham uma relação especial

Outros indícios completam este argumento. Textos de um século ou mais depois de Lucas indicam que Maria tinha uma relação especial com Jesus, o que poderia indicar um casamento. Este é um argumento ao qual o romance apela. Os textos são os últimos de caráter gnóstico, os livros de Filipe e Maria de Magdala, que citamos ao analisar quem foi Maria Madalena. Eles incluem a idéia de que ela era companheira de alguém, provavelmente de Jesus, uma vez que viajou com ele e foi beijada (embora não se saiba em que parte do corpo nem em que situação.)

Nenhuma passagem nesses livros afirma com veracidade que Jesus tenha sido casado. O máximo que pode ser dito é que Jesus amava Maria mais do que aos outros discípulos e que houve alguma demonstração de afeição não esclarecida. Também não há nenhuma declaração sobre se as informações nesses textos posteriores são precisas, isto é, se as fontes são confiáveis. As alegações supõem a precisão desses textos. Mesmo se os textos forem precisos, as afirmações contidas neles nem de longe provam que Jesus foi casado (como já vimos no Código 1).

Existe uma ironia na utilização de textos apócrifos. É que algumas pessoas levantam questões e dúvidas sobre alguns dos Evangelhos bíblicos, considerando-os prejudiciais. (A crença é que os textos bíblicos refletem o ponto de vista dos "vencedores" da história da Igreja, e por isso não são uma fonte confiável. Tais textos negariam a variedade existente no cristianismo dos primeiros séculos.) Porém, mesmo escrevendo mais de um século mais tarde, no que parecia ser o auge do cristianismo, esses autores são vistos como inquestionavelmente autênticos. Por que lhes faltam críticas ou preconceito? Esses textos apócrifos também não poderiam estar distorcendo os fatos como os textos dos "vencedores" estariam? O que os torna imunes aos questionamentos? Voltaremos a esse ponto mais detalhadamente nos Códigos 4 e 5. Por enquanto, devemos nos lembrar de duas coisas: (1) esses textos, mesmo se autênticos, não dizem que Jesus foi casado; (2) esses textos precisam ser submetidos às mesmas visões críticas que alguns dedicam ao material bíblico mais antigo. É provável que tais textos jamais relacionem explicitamente Jesus e Maria como marido e mulher, porque esses autores compartilhavam o conhecimento comum de que Jesus não era casado.

Um segundo argumento para o casamento de Maria Madalena com Jesus vem do episódio da pecadora que o consagra em Lucas 7:36-50. O argumento é que esta cena não seria tão ofensiva se a mulher fosse sua esposa. Essa abordagem apresenta problemas já mencionados. A mulher que consagra Jesus em Lucas 7 não deve ser confundida com Maria em Lucas 8. E mais: o ato da mulher retratado em Lucas 7 foi visto como ofensivo. Como resultado, a observação dos judeus foi de que, se Jesus soubesse que tipo de mulher ela era, não teria permitido a consagração (Lucas 7:39). Como tal argumento poderia ser usado se a mulher fosse sua esposa?

Para abordar este texto dessa forma, deve-se pôr em dúvida o que Lucas 7 apresenta. Porém, se esse texto for impreciso em sua retratação, então o que ele pode oferecer de valioso à nossa questão? Ou Lucas 7 é verdadeiro — e esclarece que Jesus não era casado com a mulher que o consagrou — ou o texto é tão impreciso que não nos ajuda em nossa questão. Eu acredito que o texto seja preciso. Ele se encaixa nas descrições freqüentes de um Jesus de braços abertos aos pecadores que vinham a ele. De qualquer maneira, Lucas 7 não sustenta a idéia de que Jesus tenha se casado.

3. Jesus, como bom judeu, deveria ser casado

Os que alegam que Jesus tenha sido casado apontam uma terceira razão, e o romance também tira proveito disso: como Jesus era um professor e agia como um rabino, deveria ter seguido os costumes judeus e ter se casado.

Dois fatos enfraquecem essa teoria. Primeiro, Jesus não era tecnicamente um rabino nem se comportou como um. Os apóstolos o chamaram de rabino em Mateus e Marcos porque ele agia como um professor, não porque tivesse alguma função judaica oficial. Na verdade, quando Lucas descreve o papel de Jesus, usa o termo *professor*, não *rabino*. Os judeus perguntaram a Jesus com que autoridade ele fazia algumas coisas, já que não ocupava nenhum posto oficial dentro do judaísmo que o permitisse agir como agiu dentro do templo (Marcos 11:28). Jesus não era rabino e nem sempre agia como um. Pelo que se conhece sobre líderes judeus, Jesus não tinha nenhuma função oficial reconhecida no judaísmo.

Segundo, o ensinamento de Jesus sobre o chamamento do reino para ser eunuco parece estar baseado em seu compromisso e exemplo de não se casar (Mat. 19:10-12). Por que Jesus faria tal declaração, reconhecendo que isso seria uma exigência, se não tivesse intenção de segui-la? O raciocínio posterior da Igreja Católica Romana de que os padres não devem se casar está baseado na visão de que Jesus não foi casado. Voltaremos à questão de que seria considerado antijudeu um judeu não se casar, no próximo capítulo, o Código 3.

4. Uma resposta cultural: homens e mulheres judeus em Qumran

E o que dizer sobre a prática judaica incomum de mulheres, como Maria Madalena, vivendo ao lado de homens? Há um precedente desse tipo em Qumran, mais conhecida como comunidade dos Manuscritos do Mar Morto, um enclave judeu separatista que ficava próximo ao Mar Morto desde o século II antes de Cristo até várias décadas após sua morte. Esta comunidade levanta a possibilidade de que pessoas vivam juntas por razões religiosas e mesmo assim não se casem.

Sabemos que homens e mulheres judeus viveram juntos no deserto, alguns aparentemente em estado de celibato como expressão de seu compromisso com Deus. Há indicações de que os homens nesta comunidade optaram pelo celibato porque as mulheres viviam próximas a eles em uma comunidade separada.

Crossan interpreta assim:

> Sabemos também que uma teologia profundamente utópica era a base do estilo de vida dos essênios que viveram no tempo de Jesus. Conforme determinava a lei da comunidade de Qumran, "para alcançar a verdade, a justiça e a retidão na Terra" o membro bem-sucedido da seita entra para a Comunidade de Deus "partilhando suas posses". A julgar pelos Manuscritos do Mar Morto e seus esqueletos cuidadosamente enterrados, os essênios de Qumran eram um grupo exclusivamente formado por homens em celibato comum, pureza ritual e santidade escatológica, vivendo de certo modo como se fossem anjos, como se o paraíso já fizesse parte da Terra.

Crossan aponta para o que é bem sabido sobre as descobertas nos cemitérios da comunidade: os esqueletos são apenas de homens. Porém, nos arredores do cemitério principal, havia esqueletos de algumas mulheres e crianças. Estas provas do cemitério são mencionadas pelo estudioso sobre Qumran, Geza Vermes, em *Os Manuscritos do Mar Morto*. Muitos essênios eram conhecidos por sua insistência no celibato (Flávio Josefo, *Antiguidades Judaicas* 18.1.5.20-21; *Guerra Judaica* 2.8.2.121-22; Filo, *Hipotética* 11.14-17).

Uma citação de Flávio Josefo, famoso historiador judeu do século I, também confirma o celibato na discussão das práticas dos essênios, a provável seita judaica que habitava Qumran:

> Também merece nossa admiração quanto os essênios superaram todos os outros homens que se dedicavam à virtude, e o faziam com retidão e de tal forma que jamais aconteceu entre outros homens, nem gregos nem bárbaros, e não por pouco tempo; isso durou muito tempo entre eles. Isso é demonstrado pela instituição de não terem nenhum impedimento em partilhar todas as coisas. Assim, um homem rico não possui mais de sua riqueza do que aquele que nada tem. Havia mais de quatro mil homens vivendo dessa maneira, e nem se casavam nem desejavam ter criados, já que ter criados os tentaria a ser injustos e ter esposas lhes custaria brigas domésticas, mas, como viviam para si, ministravam uns aos outros (*Antiguidades Judaicas* 18.1.5.20-21).

Voltaremos à análise racional destas práticas judaicas no próximo capítulo, já que elas nos oferecem pistas sobre o ambiente religioso e cultural do século I. Por enquanto, devemos entender que alguns judeus não viam o casamento como uma obrigação e optavam pelo celibato como sinal de devoção. Para aqueles em Qumran, permanecer solteiro era sinal de dedicação exclusiva a Deus. Paulo exibiu uma atitude semelhante em 1 Coríntios 7 quando aconselhou as pessoas a não se casarem por causa da natureza da época; entretanto, se alguém se casasse, não estaria em pecado. A questão é que diferentes ministérios poderiam surgir em sexos diferentes. Isso não era comum na cultura, mas não significava que as pessoas fossem obrigadas a se casar ou que o celibato não fosse praticado.

Jesus como um homem solteiro

A maioria dos estudiosos acreditou por muito tempo que Jesus tenha sido solteiro, e examinaremos os três argumentos que sustentam essa crença. Nenhum texto cristão disponível, bíblico ou apócrifo, indica a presença de uma esposa durante o ministério de Jesus, sua crucificação ou após a ressurreição. Quando os textos mencionam a família de Jesus, referem-se à sua mãe e a seus irmãos e irmãs, mas nunca a uma esposa. Além disso, também não há indícios de que ele fosse solitário. Parafraseando Crossan, "Se anda como pato, grasna como pato, então é um pato!"

1. Maria não é associada a nenhum homem quando é citada pelo nome

O primeiro argumento de que Jesus foi casado nos leva de volta a passagens em Mateus, Marcos, Lucas e João, em que Maria Madalena foi citada (Mateus 27:55-56, Marcos 15:40-41, Lucas 8:2, João 19:25). Nestes textos, outras mulheres citadas aparecem relacionadas a homens conhecidos. Isso é uma pista importante, e ela se encaixa aqui. Se Maria tivesse sido casada com Jesus, essa lista de mulheres seria um bom lugar para que isso fosse mencionado, como foram relacionadas as outras mulheres a seus maridos ou filhos. Nenhuma passagem com Maria Madalena ou qualquer outra mulher lhes atribui alguma relação para indicar que Jesus tenha sido casado.

Mateus, Marcos, Lucas e João foram escritos uma ou duas gerações após a vida de Jesus. A maioria dos estudiosos data o último Evangelho bíblico, o de João, por volta do ano 90. Naquela época, não havia nenhuma conspiração para esconder detalhes da vida de Jesus nem precedentes estabelecidos de que os ministros não pudessem se casar. Mais tarde, em 1 Coríntios 9:4-6, Paulo, um ministro do Evangelho, acreditava ter direito a algumas coisas, dentre elas o casamento. Direito que ele não exerceu, mas que poderia ter exercido.

2. O direito de ministros ao casamento é mencionado sem referência a Jesus

1 Coríntios 9:4-6 pode ser o texto mais importante para esse assunto. O texto diz "Não temos nós o direito de comer e beber? Não temos nós o direito de levar conosco uma esposa crente, como também os demais apóstolos e os irmãos do Senhor e Cefas? Ou só eu e Barnabé não temos o direito de deixar de trabalhar?". Aqui, Paulo diz que os apóstolos, os irmãos do Senhor, e Cefas (Pedro) tinham o direito a uma esposa. Em outras palavras, tinham todo o direito de se casar. Seria fácil para Paulo acrescentar que Jesus tinha se casado se ele tivesse mesmo se casado. Tal fato reforçaria muito seus argumentos, mas ele não cita nada disso. Alguns podem discordar dizendo que Paulo mencionou apenas pessoas ainda

vivas. Mas a resposta a essa discordância é que Paulo estava discutindo precedentes e direitos. Seria tão possível quanto lógico citar um exemplo do que alguém tenha feito *se Jesus estivesse naquela condição.* A conclusão é que Paulo não mencionou o fato porque não podia fazer tal afirmação.

Esta passagem em 1 Coríntios 9 mostra que a Igreja não tem nenhum embaraço em revelar que seus líderes foram casados ou em sugerir que ao menos tinham o direito. O mesmo valeria para Jesus se ele tivesse se casado. Na verdade, se ele o tivesse feito, não haveria uma oportunidade melhor do que esta para Paulo mencionar esse fato. Isso encerraria o caso de que Paulo também teria o direito de se casar. Paulo não menciona isso porque Jesus não foi casado.

Alguns dirão que 1 Coríntios 7 pode ser lido de forma reversa. Este capítulo inteiro afirmou que permanecer solteiro era aconselhável. Por que Paulo não diz aqui sobre Jesus a mesma coisa dita no Capítulo 9 da 1ª Epístola aos Coríntios? Ele poderia muito bem ter dito que Jesus era solteiro e fazê-lo de exemplo. Isso encerraria a argumentação de Paulo, mas ela não diz nada disso. A questão é que essa afirmação pelo silêncio não prova nada.

Isso faz sentido, mas uma resposta satisfatória é possível. A diferença entre as duas situações em 1 Coríntios 7 e 1 Coríntios 9 pode muito bem mostrar que nem todos os silêncios são iguais quando se trata de perceber diferenças na natureza das evidências. Paulo não precisava citar o fato de Jesus ser solteiro porque isso era um fato bem conhecido, deduzido e fora de questão. Mais do que isso e mais importante: a postura de Paulo não era pelo não-casamento, mas apenas que não se casar era aconselhável. Envolver a figura de Jesus como exemplo seria uma forma muito agressiva de sustentar uma afirmação. Ele queria que as pessoas levassem a sério a opção de permanecerem solteiras, mas não deu a entender que o casamento fosse algo errado. Por isso não mencionou Jesus.

3. Jesus não demonstrou atenção especial a Maria Madalena na cruz

Ao examinarmos a cena da crucificação, encontramos o terceiro e último argumento que indica que Jesus foi solteiro. Naquele momento, muitas de suas seguidoras, incluindo sua mãe, estavam ali. Se havia uma ocasião em que a família deveria estar presente, era aquela, a morte de Jesus. Ainda assim, nenhuma esposa é descrita na cena. Jesus estava muito mais preocupado com sua mãe, entregando-a aos cuidados de João (João 19:26-27). Além disso, se Jesus tivesse se casado, sua esposa estaria presente com sua mãe para celebrar a Páscoa judaica que os levou a Jerusalém durante o período em que Jesus foi preso. Mais uma vez, nenhuma esposa é mencionada porque não havia nenhuma.

O que podemos dizer sobre Jesus ter sido casado?

A discussão que envolve a possibilidade de Jesus ter sido casado é particularmente complexa. Mas toda investigação de um mistério é assim. Em alguns julgamentos, os jurados têm de ouvir testemunhas falando sobre DNA ou dupla hélice, um assunto não muito comum no dia-a-dia. Descobrir se Jesus foi casado requer uma investigação cuidadosa de textos antigos e da história judaica, assuntos não muito comuns nas conversas diárias.

Há muito tempo, cristãos e estudiosos acreditam que Jesus foi solteiro, e existem boas razões para acreditar nisso. Quando ele estava em ministério, não havia nenhuma referência a uma esposa. Quando foi julgado e condenado, não se mencionou uma esposa. Após sua morte e ressurreição, não se fala de esposa. Os membros da família de Jesus — sua mãe, irmãos e irmãs — foram mencionados mais de uma vez, mas não foi citada esposa alguma. Nem mesmo havia indícios de que ele fosse viúvo.

Esta não é uma argumentação tipicamente silenciosa, porque houve inúmeras oportunidades de mencionar um casamento de Jesus se ele tivesse se casado. A questão aqui é que, onde não houve um casamento, o resultado é o silêncio! Outros textos mostram que Jesus recomendava a alguns de seus seguidores uma vida solteira, um exemplo que parecia incluir a ele próprio.

Portanto, nosso segundo código está quebrado. Qual a probabilidade de Jesus ter se casado? A resposta é simples: nenhuma. Então, como se explica o fato de Jesus ter sido solteiro? Este é o terceiro código que devemos investigar, porque ele nos ajuda a compreender como a cultura do século I era diferente da nossa e reforça a idéia de que Jesus tinha motivos para permanecer solteiro, mesmo que o romance afirme que ele deve ter se casado.

Código 3

Ser solteiro faz de Jesus um não-judeu?

Algumas vezes, afirma-se que Jesus tinha de ser casado porque era judeu. De acordo com o que foi dito no Código 2, *O Código Da Vinci* faz esta alegação ao afirmar que Jesus virtualmente seria casado por ser judeu (p. 262). De fato, o romance alega que o costume judeu condenava o celibato (p. 262); seria impensável que um judeu permanecesse solteiro. Os homens judeus geralmente viam o casamento como uma obrigação humana. Gênesis 1:28 transmite a ordem aos humanos para crescerem e multiplicarem-se; portanto, o casamento era visto como o cumprimento de uma responsabilidade fundamental às criaturas de Deus. O casamento era certamente uma regra e uma expectativa dos judeus.

No primeiro século havia exceções à regra. Já vimos a famosa passagem de Josefo em *Antiguidades Judaicas* 18, em que ele descreve a prática incomum do celibato entre os essênios em Qumran ou em qualquer outro lugar em que possam ter vivido. Essa é apenas uma das pistas de que o casamento não era uma exigência absoluta entre os judeus.

Outros textos judaicos sobre celibato e relações entre homens e mulheres

Um outro texto de Josefo fala sobre os essênios. Este fragmento está em *Guerra Judaica* 2.8.2.121-22. Esta obra, escrita no século I, explica os dois maiores conflitos da história judaica: a Guerra dos Macabeus, de 167 a 164 a.C., e a queda de Jerusalém aos romanos no ano 70. Josefo explica o panorama do universo religioso judaico durante aquele período falando de uma seita judaica. O termo *seita* não tinha a conotação negativa dos dias de hoje. Significava apenas uma facção religiosa distinta, um subgrupo dentro do judaísmo.

O texto diz:

> Os essênios rejeitavam os prazeres como um mal, mas apreciavam a continência e a vitória sobre os desejos como uma virtude. Recusavam a prisão do casamento, mas escolhiam filhos de outros, enquanto ainda flexíveis e próprios para os estudos, e os amavam como se fossem seus, e os instruíam de acordo com seus costumes. Não condenavam totalmente o casamento e a sucessão da humanidade continuada por ele. Mas guardavam-se do comportamento lascivo das mulheres e acreditavam que nenhuma mulher pudesse ser fiel a um só homem.

Naquela comunidade de judeus, as pessoas eram hesitantes quanto ao casamento e tinham preocupações, com base em alicerces religiosos, quanto às relações sexuais. Embora neste texto o celibato não seja uma exigência absoluta, era um hábito incentivado. O perigo da infidelidade conjugal tornou essas pessoas muito receosas quanto ao casamento.

Tal atitude em relação ao casamento e à fidelidade não era incomum entre os judeus. Um livro da sabedoria judaica do século II a.C., o *Sirácida*, que tem uma leitura similar aos Provérbios, traz muitas advertências quanto ao casamento e às mulheres. Por exemplo, o *Sirácida* 9:8 diz: "Desvie o olhar dos encantos de uma mulher, e não olhe para a beleza que pertence a outro; muitos foram seduzidos pela beleza de uma mulher, e com isso arde a paixão como fogo".

Esses fiéis judeus tinham grande preocupação com o adultério:

> Aquele que peca contra o leito nupcial diz a si mesmo: "Quem poderá me ver? A escuridão me protege, as paredes me escondem e ninguém pode me ver. Por que devo me preocupar? O Altíssimo não se lembrará dos pecados". Seu medo está restrito aos olhos humanos, e ele não percebe que os olhos do Senhor são dez mil vezes mais vivos que o sol; eles podem ver todos os aspectos do comportamento humano e enxergam por entre os becos. Antes que o universo fosse criado, ele já o conhecia, e foi assim até que estivesse formado. Este homem será punido no meio das ruas da cidade e onde menos esperar será levado. Assim também será com a mulher que deixa o marido e lhe apresenta um herdeiro que não é de seu sangue (*Sirácida* 23:18-22).

Este texto deixa bem claro que os fiéis viam o casamento como sagrado. A natureza sacra desta relação não devia ser violada. Diz-se também, e com correção, que antigamente algumas pessoas eram muito receosas sobre a sexualidade. Entendiam sua força e eram muito cuidadosas com relação ao sexo. Na verdade, os mais fiéis buscavam permanecer imunes ao casamento.

Há outro texto sobre o celibato dos essênios escrito por um historiador e filósofo judeu do século I, Filo, que viveu no Egito. Ele escreveu sobre os essênios em *Hipotética* 11.14-17. Note que este texto não é nem um pouco politicamente correto ao descrever a mulher. Não é fácil para uma leitura em nossa cultura moderna, mas revela uma preocupação dos fiéis daquela época. Eis o texto:

> Percebendo com agudez e precisão incomuns aquilo que é único ou acima de qualquer outra coisa capaz de destruir tais associações, eles repudiavam o casamento e ao mesmo tempo praticavam a abstinência de forma evidente; pois nenhum dos essênios jamais se casou com uma mulher, porque a mulher é uma criatura egoísta e ciumenta em um nível exagerado e terrivelmente calculado para perturbar e atrapalhar as inclinações naturais de um homem e de desviá-lo para armadilhas constantes, pois como está sempre se aprimorando em discursos enganosos e em outros tipos de hipocrisia como uma atriz no palco, quando atrai os olhares e ouvidos de seu marido ela continua a persuadir sua mente depois de ter já enganado todos os criados.
>
> E mais uma vez, se houver crianças, ela se torna orgulhosa e cheia de todos os tipos de discursos, e tudo o que é obscuro nos dizeres que ela previamente já meditou com ironia e disfarces ela agora começa a dizer com audaciosa confiança; e tornando-se pronunciada-

> mente desavergonhada ela continua seus atos de violência e faz inúmeras coisas, sendo cada uma delas hostil a tais associações; pois o homem que é cativo dos encantos de uma mulher ou dos filhos, pelos laços necessários de sua natureza, sendo massacrado pelos impulsos de afeição, não é mais a mesma pessoa diante de outros, mas totalmente transformado, tendo, sem consciência, tornado-se um escravo no lugar de um homem livre.
>
> Agora, esse é o sistema de vida invejável dos essênios, de modo que não apenas indivíduos, mas também reis poderosos admirando os homens, veneram sua seita, e aumentam sua dignidade e majestade em um nível ainda maior com a aprovação e honra que dedicam a eles.

Não me entenda mal. Não escolhi este fragmento porque concordasse com o que ele diz. Ao contrário, ele revela que entre os judeus mais fervorosos havia uma enorme preocupação sobre como os dois sexos poderiam e deveriam se relacionar um com o outro. Isso prova que nem todos os judeus insistem no casamento. Na verdade, alguns fiéis judeus até mesmo tentavam evitá-lo.

Portanto, não é fato que Jesus, como judeu, devesse buscar o casamento. Mais importante: não seria vergonha nenhuma permanecer solteiro. Os essênios, embora pouco numerosos, eram verdadeiramente respeitados por muitos judeus por causa da profundidade de suas convicções religiosas. Mais uma vez, cabe o julgamento de Josefo em *Antiguidades Judaicas*

18.1.5.20: "Também merece nossa admiração quanto os essênios superaram todos os outros homens que se dedicavam à virtude, e o faziam com retidão e de tal forma que jamais aconteceu entre outros homens, nem gregos nem bárbaros, e não por pouco tempo; isso durou muito tempo entre eles". Em outras palavras, muitos judeus admiravam seu desejo e capacidade de viver em tamanha disciplina. Não era vergonhoso nem antijudeu não se casar, mesmo sendo um homem judeu, no século I. Estes textos são as provas que desmentem tal idéia.

Jesus, celibato e os sexos

Não podemos jamais esquecer um fato básico sobre Jesus: ele não seguia a cultura; sempre seguia um caminho diferente. E parece que seguiu a mesma orientação quanto à sexualidade. Jesus não repetia a atitude negativa e isolacionista com relação à mulher que estes textos judaicos trazem. Porém, há provas, algumas já conhecidas, de que ele aconselhava cautela em assuntos sobre sexualidade. Vamos discutir esta questão agora.

Já vimos em Mateus 19:10-12 que Jesus disse que alguns deveriam ser "eunucos" como demonstração de sua dedicação ao reino. Jesus parece ter sido o exemplo de tal dedicação com sua vida. Outra explicação possível para sua condição de solteiro era a natureza itinerante de seu ministério. Estar sempre viajando não era um estilo de vida condizente com o casamento e uma vida familiar.

Por outro lado, Jesus não hesitou em envolver mulheres ou engajá-las em seu ministério, de um modo que seria ofensivo a alguns, naquela cultura, que queriam segregar as mulheres. Alguns desses textos foram citados para levantar outras questões. Por exemplo, Lucas 8:1-3 indica que as mulheres tomavam parte nas caravanas de Jesus. Jesus não hesitou em aceitar a homenagem feminina em público, em Lucas 7:36-50 e em João 12:1-8, quando elas o consagraram publicamente. Nos dois casos, outros se surpreenderam com o fato de que ele tivesse aceitado, mas ele aceitou. João 4 relata uma cena em que Jesus fala em público com uma mulher de Samaria, uma ação que surpreendeu seus discípulos, já que o fato se deu em público. Tudo isso mostra que Jesus se relacionava diretamente com as mulheres, de forma diferente da esperada pela cultura da época.

Um texto judaico do final do século II, o Mishnah, é a relação por escrito das leis orais judaicas. Fala sobre como os homens deveriam se relacionar com as mulheres em público. *Qiddushin* 4.14 deste texto diz: "Qualquer um que tenha assuntos a tratar com uma mulher não deverá fazê-lo em público". Em *Avoth* 1.5, o texto traz a opinião de um rabino, José, filho de Joana, que diz: "E não falem muito com as mulheres". O raciocínio geral, como o último texto sugere, era de que tais conversas trariam problemas aos homens. Era melhor passar o tempo estudando a Torá, já que tais conversas levariam o homem a se tornar um herdeiro do Gehenna (o inferno). A disposição de Jesus em falar em público e sozinho com a mulher Samaritana vai muito além dos limites da época.

Na verdade, a aceitação por parte de Jesus de mulheres como discípulos foge do alcance da opinião de alguns rabinos. No Mishnah, alguns podem citar o *Berachah* 3.3. O texto diz o seguinte sobre a desobrigação das mulheres a certas práticas judaicas e o que elas deveriam fazer: "Mulheres, escravos e menores não serão obrigados a recitar o Shema nem a usar os filactérios, mas são obrigados a recitar as orações e colocar o mezuzá e proclamar as orações às refeições". Recitar o Shema quer dizer proclamar diariamente o Deuteronômio 6:4, uma declaração do reconhecimento de que existe apenas um Deus. Esta era uma das práticas mais básicas do judaísmo. Os filactérios são pequenos resumos do Torá que os judeus mais fervorosos usavam à testa. O mezuzá era um resumo semelhante ao filactério, mas era colocado nas portas das casas. As mulheres eram isentas de certas práticas, sinal de que não eram vistas com as mesmas obrigações dos homens.

Existe um outro exemplo da limitação das mulheres nas adorações. O Banquete do Tabernáculo celebra a fuga dos judeus do Egito e a proteção de Deus e o maná oferecido no deserto. Parte da celebração determinava que os celebrantes deveriam permanecer em tendas por uma semana para reviverem o tempo em que fugiam pelo deserto com todos os seus riscos. As mulheres não eram obrigadas a ficar em tendas por uma semana como os homens. Estes textos Mishnaicos incluem os mandamentos de um segundo grupo de fiéis judeus, os rabinos, diferentes dos essênios. Os rabinos constituíam uma porção maior do judaísmo. Demonstravam grande preocupação sobre como um judeu deveria se relacionar com as mulheres e sustentavam algumas distinções entre os sexos durante um período depois da morte de Jesus. Com relação a tais práticas, a maioria dos estudiosos afirma que o que os rabinos dizem no Mishnah também reflete as opiniões judaicas no tempo de Jesus, como sugere da mesma forma o livro de *Sirácida*. A maioria dos fiéis judeus do século I lidava com a distinção dos sexos, as mulheres e o casamento de maneira diferente de grande parte das pessoas em nossa época.

Como se comportava Jesus? Quanto ao relacionamento com as mulheres, Jesus agia de maneira diferente de muitos fiéis e autoridades judaicas, aceitando relacionar-se ou ser louvado por elas. Jesus criou um equilíbrio. Respeitava o compromisso religioso que resultava no fato de ele permanecer solteiro. Porém, por causa de seu respeito pelas mulheres, ele as tratava com estima e as recebia como participantes do plano de Deus. Em tudo isso, as práticas de Jesus eram distintas daquelas freqüentes dos outros fiéis judeus.

Com relação ao casamento, Jesus enfatizava com veemência a fidelidade. Ele disse: "Também foi dito: Qualquer um que deixe sua mulher, dê-lhe carta de divórcio. Eu, porém, vos digo que qualquer um que repudiar sua mulher, a não ser por causa de prostituição, faz com que ela cometa adultério, e qualquer um que casar com a repudiada comete adultério" (Mateus 5:31-32). Os versículos seguintes (5:33-37) tratam do respeito aos juramentos e dizem que *sim* deve ser *sim*. Então, para Jesus, o casamento era um voto solene. Algo a ser honrado e mantido perante Deus (veja também Mateus 19:1-12, Marcos 10:1-12). Ao respeitar a santidade do casamento, Jesus estava de acordo com os princípios judaicos.

O que podemos dizer sobre Jesus, celibato e distinção dos sexos?

Quebramos o terceiro código. Jesus podia muito bem ser solteiro e estar de acordo com as práticas judaicas. Nem todos os judeus tinham de se casar. Houve casos em que a virtude de permanecer solteiro foi seguida por alguns e respeitada por outros. Havia bons motivos para que alguns judeus não se casassem, muitas vezes ligados ao fervor religioso. Outros ainda permaneciam solteiros por motivos práticos, dada a natureza de seus ministérios. Outras razões talvez não sejam tão exigentes, mas as primeiras nos ajudam a ver a natureza sensível sobre os sexos para muitos no século I. Isso nos oferece um importante pano de fundo para a análise do papel da mulher nos primórdios da Igreja, tópico que exploraremos no Código 6.

Enquanto explorávamos as atitudes judaicas em relação aos sexos e ao tratamento das mulheres em público, vimos de maneira clara que Jesus não seguia estritamente as práticas judaicas. Havia precedentes para que homens judeus se mantivessem solteiros. Portanto, o fato de Jesus ter permanecido solteiro não seria antijudeu. Ele não teria sido reprovado por tal opção dentro da vida judaica. Por outro lado, Jesus mostrou em outras oportunidades que desejava ir contra a convenção cultural, e mesmo que tivesse sido contrário às práticas judaicas isso não o teria impedido se ele acreditasse que a vontade de Deus seria realizada indo por um caminho diferente. De qualquer forma, há um bom precedente cultural e provas que mostram que Jesus foi solteiro. Também vimos que quanto às mulheres, Jesus não seguiu as limitações culturais impostas a elas.

Mas onde estamos agora em nossa investigação? Retomando, não era antijudeu o fato de Jesus não ter sido casado. O casamento não era um passo necessário para que se tivesse credibilidade cultural no contexto judaico de seu ministério. Já mostramos que (1) Jesus não foi casado, (2) que Maria Madalena não era sua esposa secreta e (3) que o fato de ser solteiro podia ser compreendido e respeitado por outros judeus do convívio de Jesus. Estas conclusões revelam a falácia da afirmação central de *O Código Da Vinci* de que Jesus foi casado com Maria. O romance não é bem fundamentado quanto às suas alegações e conclusões históricas.

Resumindo o rumo da investigação

O romance não pára com as alegações. Não se contenta em discutir Jesus e Maria Madalena. Vai além, afirmando coisas sobre a história inicial da Igreja, a Bíblia e as fontes extrabíblicas que estamos examinando. Investigações sobre os mistérios e códigos sempre abrem novos caminhos. Chegamos a tal encruzilhada em nossa jornada. O romance faz afirmações sobre textos e suas origens, quem os tornou importantes ou descartáveis e por que alguns deles devem ou não ser considerados reflexo de padrões que ajudam a explicar Jesus e a fé cristã. Temos de levar em conta as alegações do romance sobre as fontes de tais informações. Este desvio de rota é necessário para ver o que podemos descobrir nos textos que o romance cita.

Em qualquer investigação, deve-se prestar atenção às informações trazidas à luz e à natureza das fontes de tais informações. Portanto, duas questões merecem nossa atenção.

Primeira, há um Código 4 ou a natureza de alguns dos "recém-descobertos" Evangelhos. Que tipo de teologia e espiritualidade eles ensinam? Esses textos refletem o cristianismo como ele era nos primeiros estágios? São um novo modo de ver Jesus? Estes Evangelhos e textos relacionados serão o foco do próximo capítulo.

Segunda, precisamos levar em conta como os livros do Novo Testamento tornaram-se parte da Bíblia. Como e quando exatamente isso aconteceu com os Evangelhos? O Novo Testamento foi elaborado três séculos após a morte de Cristo, como diz *O Código Da Vinci*? Os quatro Evangelhos são tão distantes no tempo para poderem explicar algo sobre quem Jesus foi? A investigação sobre como os quatro Evangelhos foram recebidos pela Igreja é o assunto do Código 5.

Chegamos aos Evangelhos "secretos", algumas vezes chamados de Evangelhos gnósticos. Todo mundo adora descobrir segredos.

Código 4

Os chamados Evangelhos secretos ou gnósticos nos ajudam a entender Jesus?

Uma das mais interessantes alegações de *O Código Da Vinci* aparece na página 248 e parte de Teabing, um personagem cheio de opiniões sobre o cristianismo que são críticas à Igreja e suas implicações conspiratórias. Aqui ele alega que houve "mais de 80 Evangelhos" considerados para o Novo Testamento, mas apenas quatro foram escolhidos. Talvez esta seja a afirmação mais falsa sobre um "fato" no romance todo.

A afirmação de Teabing é falsa pelo fato de nunca ter havido mais de 80 documentos evangélicos. Por exemplo, *Biblioteca de Nag Hammadi*, publicada em inglês em 1977, consistia em 45 textos separados, e nem todos eles eram Evangelhos. Na verdade, apenas cinco documentos são denominados Evangelhos: *Verdade, Tomás, Filipe, Egípcios* e *Maria*. A coleção *As Escrituras Gnósticas*, de Bentley Layton, traz apenas 40 textos, três dos quais trazem o título de *Evangelhos* e conferem com a lista de Nag Hammadi. Na verdade, a maioria desses escritos não era Evangelhos. A obra mais farta em documentos extrabíblicos é o livro do professor Helmut Koester, *Introdução ao Novo Testamento*. Ele traz 60 textos, excluindo os 27 livros do Novo Testamento. Porém, a grande maioria desses trabalhos não era Evangelhos.

A alusão aqui é, em parte, ao que tem sido chamado de material gnóstico. Muitos destes manuscritos reapareceram quando Muhammed Ali (não o famoso boxeador) encontrou um jarro com os textos quando escava em uma caverna. Como no caso da descoberta destes textos antigos e agora famosos, o reaparecimento deste tesouro aconteceu por acaso, não de propósito. Tal descoberta aconteceu em 1945 em um local chamado Nag Hammadi, nos desertos do Egito. O conhecimento dos grupos agora chamados de gnósticos, bem como suas crenças, e talvez parte de suas escrituras foram descobertos nos escritos de muitos padres, como Irineu (ca. 130-200), Hipólito (ca. 170-236) e Tertuliano (ca. 160-após 220). Estes padres viveram nos séculos II e III e desempenharam um importante papel ao descrever tudo aquilo em que muitos acreditavam no início dos tempos da Igreja. Um deles, Epifânio (ca. 310-403), em um trabalho que chamou de remédio contra heresias, fala de "praticar o gnosticismo", fornecendo-nos o nome deste ensinamento. O último trabalho de Irineu confirma este nome, no prefácio de seu *Contra as Heresias*, que ele escreve contra aqueles que desviam muitos sob a pretensão do conhecimento. Estes padres eram muito críticos no que se referia ao conhecimento gnóstico, insistindo que tais ensinamentos estavam em oposição aos ensinamentos e pregações apostólicos. Então, elementos dessa doutrina ensinados nesses materiais recém-descobertos, e talvez até mesmo alguns de seus escritos, podem não ser tão secretos quanto sugerem aqueles que buscam dramatizar sua natureza. As opiniões de tais grupos são conhecidas há mais de um milênio. Fazem parte da história "antiga".

A novidade é que agora, em vez de aprendermos sobre estes outros grupos e suas crenças por meio daqueles que criticavam os gnósticos, esses escritores podem falar por si mesmos a partir de seus próprios documentos. Estes textos são uma grande prova de que nos séculos II e III alguns que se proclamavam cristãos tinham opiniões diversas do que normalmente se imagina como cristão. Como resultado, esses documentos foram muito estudados e amplamente debatidos.

Os materiais gnósticos e outros materiais antigos relacionados são importantes descobertas. Falo dos gnósticos e de seus periféricos porque estudiosos discutem o que é o gnosticismo, quem eram os cristãos gnósticos e se todos estes documentos recém-descobertos devem ser chamados de gnósticos. Esses debates técnicos não devem nos deter. Precisamos apenas compreender o caráter geral destas crenças, seja lá o nome que recebam. Este será nosso objetivo ao examinarmos o Código 4.

No material descoberto em Nag Hammadi, encontramos novos títulos intrigantes, alguns Evangelhos, outros não. Dentre os títulos estão *Evangelho de Tomás*, *Evangelho de Filipe*, *Evangelho de Maria*, *Atos de João*, *Testemunho da Verdade*, *Pistis Sofia*, *Sabedoria de Jesus Cristo*, e muitos outros. As datas variam entre o século II e III, embora seja possível que alguns trabalhos sejam mais antigos ou pelo menos reflitam opiniões mais antigas. Isso pode valer para alguns dos textos, mas não para a maioria deles. A maior parte desse material data das primeiras gerações dos fundamentos da fé cristã, algo importante para se lembrar ao lidarmos com tal conteúdo. O que exatamente ensinam esses documentos não aceitos no cânon das Escrituras? Além disso, que tipo de cristianismo expõem?

Crenças encontradas nos outros Evangelhos e textos relacionados

Tanto para quem olha para esses documentos quanto para os padres que os criticavam duramente, quatro questões teológicas e uma convicção implícita dirigem a discussão. Portanto, temos cinco características nesses textos como ponto de nossa investigação. (1) A convicção básica sobre as quatro questões relativas a esses documentos é que eles revelam mistérios, uma nova verdade, a *gnose* ou conhecimento. Os textos são gnósticos porque esta é sua característica mais fundamental. Estas questões incluem (2) os ensinamentos sobre Deus e o universo cosmológico associado a ele; (3) a figura de Jesus, a obra na cruz e a salvação; (4) o papel da revelação, a autoridade e a espiritualidade na definição da fé e (5) em um grau menor, o papel da mulher.

Nossa investigação vai apresentar o que esses textos dizem sobre tais temas. Lembre-se de que em diferentes obras poderemos encontrar opiniões distintas sobre pontos particulares. Os textos não ensinam exatamente a mesma coisa. Mas, mesmo havendo uma variedade de crenças em tais obras, existem algumas coisas em comum. Examinaremos de perto muitos dos enfoques comuns distintos dos ensinamentos dos documentos cristãos bem conhecidos. (Para leitores interessados em uma boa avaliação sobre estas fontes, sugiro o livro de Elaine Pagels, *Os Evangelhos Gnósticos*).

1. O tema básico por trás destes textos: gnose ou conhecimento

O ponto fundamental em todos os elementos dessas questões é a idéia de que alguns cristãos tiveram acesso a *mistérios* ou ensinamentos exclusivos e avançados que outros não conheceram. Muitas obras foram elaboradas sobre as características "misteriosas" da fé. O termo *secreto* se encaixa bem a esses materiais, por serem ensinamentos especiais, privados, oferecidos apenas a alguns, os espiritualizados. A maioria desses segredos envolvia áreas em que os ensinamentos se distinguiam do ensinamento cristão comum. Estes segredos e o conhecimento interno que eles proporcionavam são conhecidos como *gnose* ou conhecimento recebido pelos beneficiários de tais revelações. Esta característica básica e compartilhada faz com que muitos estudiosos chamem estes documentos de gnósticos, porque oferecem um conhecimento especial apenas para iniciados.

Por exemplo, um texto obscuro, mas importante, é o *Apocalipse de Pedro* 82:17–83:15. O símbolo "?" indica que a tradução deste ponto não é clara. Não se preocupe se todos os detalhes dos textos não forem imediatamente compreensíveis. Nosso interesse está nos pontos mais básicos. O texto diz:

> E ele [o Salvador] disse a mim [Pedro]: "Sê forte, pois tu és aquele a quem esses mistérios foram confiados. Para conhecê-los por meio da revelação, de que aquele a quem crucificaram é o primeiro nascido, e a casa dos demônios, e o túmulo de pedras (?) onde habitavam de Eloim,

> da cruz que está sob a Lei. Mas aquele que está ao lado dele é o Salvador vivo, o primeiro nele, a quem tomaram e libertaram, que olha com misericórdia para aqueles que lhe cometeram violências enquanto estavam divididos entre si. Por isso ele ri da falta de percepção destes, sabendo que nasceram cegos. Assim, aquele suscetível de sofrimento virá, já que o corpo é o substituto. Mas o que eles libertaram era meu corpo incorpóreo. Mas eu sou o Espírito intelectual cheio de luz. Aquele que tu viste vir até a mim é nosso *Pleroma* intelectual que une a luz perfeita ao meu Espírito Santo."

Este texto apresenta três características-chave de uma visão reveladora e direta sobre as opiniões de caráter gnósticos. Primeira, há uma citação da *Pleroma*, uma energia pura, celestial e imaterial, total e verdadeiramente divina. Este é o Deus supremo nestes textos. As opiniões gnósticas sustentavam a idéia do dualismo, uma radical oposição entre o mundo das idéias, puro, e o mundo físico, corrompido. O Deus verdadeiro (freqüentemente chamado de Incorruptível) fazia parte deste mundo das idéias e era luz. Não fazia parte direta da matéria física. Segunda, há uma distinção entre o corpo físico do Salvador (matéria corpórea) que sofreu na cruz, e a matéria não-corpórea, que é pura luz, que assistiu ao sofrimento do Salvador. Esta segunda concepção é Jesus para este grupo. Terceira, todo este ensinamento é um mistério, é uma revelação única que Pedro recebeu de Jesus. Esta é a característica mais básica desses textos, que estão cheios de mistérios agora revelados, mas apenas os iniciados tiveram acesso a eles e puderam conhecê-los. Estes iniciados tinham "o conhecimento", a *gnose*.

Este ponto contradiz a visão das revelações que hoje são parte da Bíblia. Estes textos bíblicos são publicados e oferecidos ao conhecimento de todos. Antes de o Novo Testamento existir como um documento único, esses respeitados ensinamentos cristãos eram lidos às congregações. Não mencionam nenhum conhecimento aos "iniciados" como os textos gnósticos o fazem. As revelações são oferecidas à apreciação, à aceitação ou à rejeição de todos ao mesmo tempo em que advertem sobre as conseqüências de tal liberdade. Também não há o dualismo entre o conhecimento puro e a criação como inerentemente corrompida. A criação de Deus era boa, embora sofra da queda em pecado e seus efeitos destrutivos. Conhecer Deus significa ver por si mesmo a forma como Ele agiu e sentir sua necessidade, não simplesmente ter acesso a conhecimentos secretos.

2. Deus e os mundos "cosmológicos" associados a Ele

Os ensinamentos desses grupos sobre Deus e sua relação com a criação tinham extremos dualistas. (Lembre-se de que dualismo significa que dois princípios estão diretamente opostos um ao outro.) Para esses grupos, existe o Pai eterno, supremo e transcendente, que é estritamente espiritual e não tem contato com nada material. Em oposição a ele está o Criador do mundo físico, um ser caído, arrogante e mau, freqüentemente chamado de *Demiurgo*, ou "realizador", que falsamente acredita ser o único deus. Os grupos gnósticos ou de características gnósticas desmerecem e ridicularizam este impostor e as coisas físicas associadas a ele, porque ele não reconhece o Pai puro do mundo verdadeiramente imaterial e porque é o forjador das coisas materiais. Por isso, o entendimento deste subalterno é deficiente e ignorante.

O documento do século III, *Hipóstase dos Arcontes*, nos apresenta este ensinamento sobre Deus e o *Demiurgo*. Este texto também mostra o conflito entre as autoridades, ou *arcontes*, e o Pai da Verdade. Em *Hipóstase dos Arcontes* 86:20–87:11, encontramos uma passagem particularmente interessante. Os parênteses na tradução oferecem explicações ou referências a textos bíblicos. Os colchetes significam que o texto estava quebrado e as traduções são do que provavelmente estariam dizendo nos dias de hoje. O texto diz:

> Sobre a realidade (hipóstase) das autoridades, (inspirado) pelo Espírito do Pai, o grande apóstolo (Paulo) — referindo-se às "autoridades das trevas" (Colossenses 1:13) — nos disse que "nossa luta não é contra a carne e [sangue]; em vez disso, contra as autoridades do universo e os espíritos do mal (Efésios 6:12). [Enviei] isto (a vocês) porque você (singular) pergunta sobre a natureza real [das] autoridades".
>
> Seu líder é cego; [por causa de seu] Poder e sua ignorância [e sua] arrogância, ele disse com esse [Poder]: "Sou eu o Deus, e não há nenhum outro [além de mim]".

> Quando disse isso, pecou contra [o *Pleroma*]. E seu discurso tramou a Incorruptibilidade; então uma voz surgiu da Incorruptibilidade e disse: "Você está errado, Samuel" — que é o "deus dos cegos".
>
> Seus pensamentos tornaram-se cegos. E, tendo expelido seu Poder, isto é, a blasfêmia que havia proferido — perseguiu-o até o Caos e o Abismo, sua mãe, na instigação de Pistis Sofia (Fé-Sabedoria). E ela gerou cada uma de suas crias em conformidade com este poder — depois do padrão dos universos que estão acima, já que a partir do mundo invisível o mundo visível foi criado.

Este texto é difícil de ser acompanhado devido à sua concepção de Deus. Aqui, há uma deidade complexa existente em diversos mundos. Há também um conflito entre as múltiplas autoridades celestiais. O que mais importa em nossa discussão é que a humanidade foi criada por estes "arcontes", de acordo com que o texto diz em 87:11-26:

> Quando a Incorruptibilidade olhou para a região das águas, a imagem [de Pistis-Sofia] apareceu nas águas, e as autoridades das trevas se enamoraram dela. Mas não podiam prender-se àquela imagem, que apareceu a eles nas águas por causa de sua fraqueza — já que os seres que simplesmente possuem uma alma não podem prender-se àqueles que possuem um espírito, pois estes são inferiores, e aqueles, superiores. É por isso que a "Incorruptibilidade olhou para baixo [para as águas]":

> para que por vontade do Pai ela possa trazer a Integridade até a união com a luz. Os administradores (arcontes) fizeram planos e disseram: "Vamos criar um homem que será o solo na Terra". E modelaram a criatura como uma totalidade da Terra.

Depois disso, o homem a ser preenchido com o espírito jazia sem vida no chão. Apenas o *Pleroma* (o Incorruptível) envia o espírito para habitar o homem e conceder a vida a Adão (88:10-15).

Desde o início, o mundo material e a humanidade estavam criados como parte de um mundo caído. O Deus do mais alto reino concede o sopro de vida espiritual, mas a criação foi ato de outros seres. Aqui temos uma teologia com um código diferente para compreendermos o mundo. A criação da humanidade foi um trabalho em conjunto do céu e de forças menores.

Como avaliar esta doutrina de Deus? Com relação às experiências, crenças e à confissão expressas nas crenças católicas, a estudiosa da Igreja Ortodoxa, Frederica Mathewes-Green, resumiu a situação entre os cristãos mais tradicionais e os gnósticos. Ao fazer isso, oferece uma visão geral muito útil sobre as opiniões gnósticas a respeito de Deus e a criação. No artigo *What Heresy?*, publicado em *Books and Culture* (novembro/dezembro, 2003), ela discute as experiências religiosas, como as compartilhamos, e o antigo debate entre os cristãos, que reafirmam uma crença, e os gnósticos, com sua visão distinta e complexa de Deus:

Existe uma coisa chamada auto-engano, e essa confusão pode chegar a universos espirituais que não nos são familiares. Embora tal experiência esteja muito além das palavras, depois que passamos por elas tentamos falar sobre elas. Queremos compartilhá-las com outros e saber se não foi apenas uma empolgação. Digamos que seja como viajar a Paris. Todo mundo tira fotos da Torre Eiffel. Quando chegamos em casa, comparamos as fotos: algumas são engraçadas, outras têm ângulos diferentes, mas podemos reconhecer apenas que estão mostrando a mesma coisa. As fotos não capturam a realidade — nada pode fazer isso —, mas servem como registro.

Os credos são as fotos com que todos concordam. São pequenos e de foco restrito, não são extravagâncias. Não são substitutos para a experiência pessoal, mas um guia útil para comparações e discernimento. Se uma foto de alguém mostrar o King Kong subindo numa torre, podemos dizer a essa pessoa "Ei, você está ficando maluco!". Se o King Kong estiver usando um colar havaiano e um chapéu de festa, diremos: "Ah, você fez uma montagem".

É o que os primeiros cristãos dizem aos gnósticos. O problema não é a insistência de que podem experimentar Deus diretamente. É que a forma dos gnósticos de realizar isso é muito estranha. Histórias ilógicas sobre a criação, anjos, demônios e hierarquias espirituais multiplicaram-se como coelhos. (Mesmo alguns cristãos, como Orígenes e Clemente de Alexandria, esbarraram

> nisso.) A versão atribuída a Valentino, o gnóstico mais conhecido, é típica. Valentino supostamente pregou uma hierarquia de seres espirituais chamados de "eons". Um dos eons mais inferiores, Sofia, caiu e deu origem ao Demiurgo, o deus das escrituras judaicas. Este Demiurgo mal criou o mundo visível, que era uma coisa ruim, porque agora nós, espíritos puros, estamos presos a corpos de carne e osso. Cristo era um eon que tomou posse do corpo do humano Jesus e veio para nos libertar da prisão da matéria.
>
> "Nós", aliás, não significa ninguém. Nem todas as pessoas possuem a centelha divina em si, apenas os intelectuais; "gnose", por definição, diz respeito ao que você conhece. Alguns poucos capazes de perceber essa luz interior podem ser iniciados em mistérios mais profundos. Cristãos comuns, que carecem de força mental suficiente, podem apenas apegar-se ao universo médio do Demiurgo. Todos os outros estão condenados. No gnosticismo, não há esperança de salvação para a maioria da humanidade.

O ponto principal exposto por Mathewes-Green é que existem grandes diferenças entre os cristãos mais tradicionais, que se baseiam na era apostólica, e aqueles que têm acesso a conhecimentos especiais. Teológica e conceitualmente, a passagem de um campo para outro seria como pular por sobre um rio.

A descrição de Mathewes-Green da visão gnóstica de Valentino vem do líder da Igreja, Irineu, e de seu trabalho do século II, *Contra as Heresias* 1.11.1. É melhor deixarmos os textos gnósticos falarem por si sobre aquilo que defendem.

Temos aqui um texto de *Apócrifos de João* 2:9-25, outro trabalho do século II que destaca as revelações secretas. Este texto também oferece uma imagem da visão de Deus dentro deste grupo. Jesus dirigiu-se a João e explicou quem era. O texto diz:

> Ele me disse: "João, por que duvida e por que teme? Esta imagem lhe é familiar, não é? — isto é, não [tenha] medo! Eu sou aquele [que está com você] sempre. Eu [sou o Pai], eu sou a Mãe e eu sou o Filho. Sou o indefinível e o incorruptível. Agora [eu vim para ensinar a você] o que é [e o que foi] e o que será, que [você pode conhecer as] coisas que não são reveladas [e aquelas que são reveladas, e ensinar a você] sobre [a inabalável raça dos homens] perfeitos. Agora, [portanto, levante] seu [rosto para que] possa [receber] as coisas que eu [devo ensinar a você] hoje, [e] pode [dizer a eles a seus] espíritos amigos quem [são da inabalável] raça dos homens perfeitos".

Este fragmento destaca a característica misteriosa que prevalece nesses textos. Aqui, Deus é uma figura complexa, constituída de Pai, Mãe e Filho. Muitos destes textos retratam Deus como uma díade, com a mãe divina fazendo parte do casal. Irineu, falando em *Contra as Heresias* 1.11.1, foi contra a visão de um escritor mais importante, Valentino, que falou sobre Deus como uma díade. Valentino acreditava que Deus era duas partes. Em uma delas, Deus era o Indescritível, o Profundo, o Pai Primordial. Em outra, era a Graça, o Silêncio, o Ventre e a "Mãe de Todos". Esta Graça e o Silêncio eram a porção feminina de Deus, e o ventre receberia a semente da Fonte Indescritível para trazer à luz as emanações do ser divino.

O reconhecimento do feminino divino distingue a apresentação gnosticista de Deus das judaicas e cristãs. A tradição judaico-cristã afirma que Deus não tem gênero. Na verdade, homens *e* mulheres foram criados à Sua semelhança (Gen. 1:27). O mais próximo do feminino que estas visões judaicas e cristãs podem chegar aparece na retratação metafórica da Sabedoria como uma mulher (Prov. 8).

Para que tal incorporação do feminino divino não seja entendida como uma sugestão de que os gnósticos viam a figura feminina em uma posição de luz ou coisa semelhante, vamos examinar o que diz o *Evangelho de Tomás* 114: "Simão Pedro disse a eles [os discípulos]: 'Deixem que Maria parta, pois as mulheres não são dignas da vida'. Jesus disse: 'Eu mesmo a conduziria, para que se tornasse um homem, para que então ela também se tornasse um espírito vivo, como vocês, homens. Em verdade, toda mulher que se tornar homem entrará no reino dos céus". Vale a pena citar o texto de Tomás sobre o papel das mulheres retratado nestes textos diretamente reveladores.

Não está claro se os gnósticos tinham um entendimento politicamente correto dos sexos séculos antes de nós. Existe algo mais por trás disso. O segredo da deidade não é tão misterioso assim; o processo da criação é feito à imagem e semelhança da humanidade. Quão diferente é a imagem da criação da poética do Gênesis 1-2, em que Deus fala sozinho e dá-se a criação ou em que Deus sozinho cria e dá a vida.

Resumindo, a visão de Deus encontrada nestes textos é muito diferente daquela dos textos bíblicos de tradição judaico-cirstã. Nestes textos, vemos um Deus distante, transcendental demais para sujar as mãos com a humanidade e operando por meio de enviados. No Novo Testamento, vemos Deus se tornar carne e viver nossos sofrimentos a ponto de assumi-los para nos salvar. A diferença é gigantesca.

3. A pessoa de Jesus, a obra na cruz e a salvação

Outra característica distintiva do gnosticismo envolvia quanto Jesus era compreendido em sua pessoa, sofrimento e obra de salvação. Aqui levamos em conta três textos. O primeiro deles é o *Apocalipse de Pedro* 81:4-24. Mais uma vez há um diálogo entre Pedro e Jesus, sendo Pedro o primeiro a falar:

> Eu o vi aparentemente ser levado por eles. E disse: "O que estou vendo, Senhor? É mesmo o Senhor quem estão levando? E você está aqui comigo? E eles martelam os pés e mãos de outro? Quem é aquele acima da cruz radiante e sorridente?" O Salvador disse a mim:

"Aquele que você vê radiante e sorridente acima da cruz é o Jesus vivo. Mas aquele em cujas mãos e pés enfiam-se pregos é sua parte material, que é um substituto. Eles humilham aquele que assim se parece. E olhe para ele e [olhe] para mim!"

Esta passagem é um tanto obscura, mas o ponto-chave é que existem duas pessoas: o Senhor vivo e Jesus Salvador e o Jesus substituto humano. O Salvador vem do Pai, é um ser espiritual que essencialmente não pode ter nada a ver com a carne, o corpo físico ou a morte. Não poderia estar envolvido com uma existência material caída e corrompida. O substituto é terreno e vivo, um simples ser humano que apenas representava Jesus e foi crucificado. O Jesus celestial não sofreu na cruz, seu substituto terreno é que foi sacrificado. O Jesus celestial ria da ignorância do mundo.

Um segundo texto sobre Jesus vem do *Segundo Tratado do Grande Seth* 56:6-19. Seth era o filho de Adão e Eva. Esta passagem relata mais ensinamentos sobre Jesus e a cruz, com Jesus falando sobre sua experiência. O texto diz: "Foi outro... que bebeu o fel e o vinagre, não fui eu. Eles me bateram com o chicote; era outro, Simão, que carregou a cruz sobre os ombros. Era outro em quem colocaram a coroa de espinhos. Mas regozijava-me nas alturas... acima de seus erros... E ria de sua ignorância". Esta passagem deixa claro que o filho encarnado de Deus, Jesus Cristo, não sofreu na cruz. Realmente, pensar que o Jesus Cristo celestial estava na cruz é um erro. A idéia parece ser a de que o Salvador vindo dos céus, o Jesus espiritual, era muito puro e transcendente para sofrer na cruz. Este texto de Seth e o *Apocalipse de Pedro* dizem a mesma coisa sobre Jesus.

O outro texto que trata da ressurreição de Jesus vem de *Atos de João* 93, em que João fala sobre sua experiência de Jesus. O texto diz: "E conto mais uma glória, irmãos; algumas vezes, quando o tocava, sua substância era imaterial e incorpórea... como se não existisse de forma alguma". Aqui vemos a dúvida sobre se Jesus tinha um corpo e presença reais e humanos. Na mesma passagem, João procurou por pegadas de Jesus, mas não as encontrou. Jesus também não apresentava reações humanas. Era um ser espiritual. Sua humanidade era fantasma, tinha apenas uma superfície humana, mas não uma substância real. O Jesus do Pai celestial é muito transcendente para ser humano. A encarnação é realmente uma aparição. Este Jesus "mais divino" é o oposto do que *O Código Da Vinci* afirma sobre estes textos evangélicos secretos, uma vez que eles não apresentam um Jesus mais humano, mas sim um Jesus mais divino e reservado, diferente daquele que Maria Madalena agarrou (João 20). Aquele Jesus podia ser abraçado. É um Jesus diferente do que aparece em Tomás para mostrar-lhe as marcas dos pregos nas mãos (João 20). Aquele Jesus adorado foi o que sofreu na cruz.

A imagem de Jesus sem uma humanidade genuína e que não sofreu na cruz é diferente daquela que outros cristãos têm. Àqueles que recorrem aos ensinamentos apostólicos, foi um único e mesmo Jesus que enfrentou a morte (João 1:1-18; Rom.

3:21-26, 5:1-11; 1 João 1:1-4). Ele era o eterno filho de Deus, enviado pelo Pai. Aquele Filho tornou-se humano. Há apenas um Jesus Cristo, não um Jesus celestial e outro que toma seu lugar no sofrimento (Heb. 4:14-10:18). Há um messias, filho de Deus, encarnado, crucificado e ressurreto (Atos 2:16-40; 1 Cor. 15:3-11). Titus 2:11-14 (NIV) diz o seguinte:

> Porque a graça de Deus se tem manifestado, trazendo salvação a todos os homens, ensinando-os que, renunciando à impiedade e às concupiscências mundanas, vivamos neste presente século sóbria, justa e piamente. Aguardando a bem aventurada esperança e o aparecimento da glória do grande Deus e nosso Senhor Jesus Cristo, o qual se deu a si mesmo por nós para nos remir de toda iniqüidade e purificar para si um povo seu especial, zeloso de boas obras.

Aqui está um Jesus divino e divinamente enviado, que deu seu corpo e sofreu por nós para que pudéssemos ter a vida.

Por que esta diferença é importante? As visões gnósticas ou de caráter gnóstico dizem que não há uma representação de Jesus em favor da humanidade. A questão da salvação não é uma questão do pecado ou de sacrificar-se por outros. Deus não lida com nossos pecados com Sua bondade e graça. Nem mostra realmente que a profundidade de Seu amor estende-se até a vontade de morrer para que pudéssemos viver. Tudo isso foge da visão destes textos que não são do Novo Testamento. A salvação está no conhecimento verdadeiro, no entendimento correto dos mistérios. Em poucas palavras, a salvação está por nossa conta. Esta observação nos leva a um outro campo de distinção, a questão da revelação e da autoridade.

4. Revelação, autoridade e espiritualidade na definição da fé

Outro elemento distintivo nas visões gnósticas ou de caráter gnóstico envolve a revelação, a autoridade e a espiritualidade. O *Apocalipse de Pedro* 76:27-34 trata dessa questão da seguinte forma: "Alguns que não compreendem o mistério falam de coisas que não entendem, mas dirão que o mistério da verdade pertence apenas a eles". Este texto reclama da crítica ignorante sobre o movimento representado pelo *Apocalipse de Pedro*. São os críticos que são ignorantes e não entendem os mistérios. O *Testemunho da Verdade* 31:24–32:2 afirma que aqueles que os criticam se chamam cristãos, mas essas mesmas pessoas não sabem quem foi Jesus. Elaine Pagels assim descreve o conflito: "Os cristãos gnósticos... acreditam que o que distingue o falso do verdadeiro não é a relação com o clero, mas o nível de compreensão de seus membros e a qualidade de sua relação entre si" (*The Gnostic Gospels*, p. 106).

Os que são iluminados são "da vida", como diz o *Apocalipse de Pedro* 70:20–71:5:

> Ele (Jesus) disse a mim: "Pedro, bem-aventurados aqueles que vivem nas alturas junto ao Pai e revelaram a vida àqueles que são da vida, por meu intermédio, pois eu [os] lembrei, a eles que são fruto daquilo que é

> mais forte, que podem ouvir minha palavra e distinguir as palavras de violações e transgressões das leis das palavras corretas, como sendo das alturas de cada palavra deste *pleroma* de verdade, tendo sido iluminadas de bom grado por ele a quem buscaram as coisas mais importantes.

Como já vimos em muitos desses textos, a questão é a posse de conhecimentos secretos, a *gnose*. Jesus é meramente um condutor a esse conhecimento superior. Mais importante, nenhuma autoridade pode contestar tal revelação, que vai diretamente a um membro do grupo. A diferença dos cristãos mais tradicionais é que o papel dos principais textos da fé ainda existentes é relativizado e enfraquecido. Também é relativizada a importância da obra única de Jesus pela humanidade, que tratava da questão do pecado interior.

A questão não é meramente conhecer ou entender o problema e ter uma concepção própria e abstrata de Deus, mas ser mudado, para que se possa lidar com o problema chegando a uma relação relevante com Deus. A espiritualidade vai além de ter uma percepção correta. Ela trata de ter uma perspectiva realística de Deus e de si mesmo e ao mesmo tempo ser capaz de responder abertamente a Deus e seus caminhos.

Os gnósticos que acreditam na revelação direta contemporânea questionam a autoridade dos bispos de outros grupos. O debate centra-se na questão de quem definiria ou falaria em nome da fé cristã. Havia visões diferentes sobre a revelação e a autoridade. Os gnósticos acreditavam em um acesso direto às revelações, e os outros grupos cristãos, não. Heráclio, um crítico gnóstico do Evangelho de João, no Fragmento 13, conforme é registrado por Orígenes em seu *Comentário sobre João* 10.33, compara esses outros cristãos não-gnósticos aos Levitas excluídos do mistério. Este grupo gnóstico entendia que o meio para a salvação era o conhecimento trazido a eles pelo Salvador-Revelador celestial, o qual associavam ao Pai Supremo celestial, o *Pleroma* do mundo superior. Este Pai é diferente daquele do mundo terreno físico com seu *Demiurgo.* Novamente, ao contrário dos documentos agora encontrados no Novo Testamento, este Deus era muito grande para ser tão íntimo de seus seguidores. Poderia fornecer a luz, mas a luz viria por intermédio de outros. O contato com Deus era indireto. Sua luz acendia uma outra nos indivíduos que os levava ao conhecimento, sendo esta a chave para a libertação.

O autoconhecimento da própria origem, a natureza interna e aliança com Deus levaria o indivíduo à liberdade, à ascensão e à saúde espiritual. Esta luz espiritual e interior levaria à espiritualidade e ao autoconhecimento. Como diz Pagels, para este grupo "teologia é, na verdade, antropologia". Em outras palavras, explorar a psique era uma busca religiosa, uma responsabilidade e obra da pessoa que buscava a Deus (*The Gnostic Gospels*, p. 123). O ponto principal era o ser humano interior, não Deus. O maior problema espiritual era a ignorância, não o pecado. A ignorância dos mistérios causava o sofrimento às pessoas. O *Evangelho de Tomás* 45:30-33 diz : "Se você mostrar aquilo que está dentro de você, aquilo que está dentro de você vai salvá-lo. Se você não mostrar aquilo que está dentro de você, aquilo que está dentro de você vai destruí-lo". O *Evangelho de Tomás* 3 diz: "O reino está dentro de si e fora de você. Quando você conhece a si mesmo, é também conhecido e verá que é o filho do pai vivo. Mas, se você não conhece a si mesmo, vive na pobreza, e a pobreza é você mesmo".

Sob este ponto de vista, a espiritualidade não seria encontrada por meio de uma associação com o Jesus que andava pela Terra ou pelo reconhecimento do que sua obra dizia sobre o que somos. Nem era dirigida pela aliança e submissão ao Deus vivo em resposta ao Seu amor e cuidado com os homens. Estes temas de espiritualidade encontrados no Novo Testamento são incompletos. Nele a espiritualidade é apenas o entendimento de quem se é e a busca por aquilo que Deus já plantou dentro de nós.

Na página 68 de seu livro mais recente, *Beyond Belief: The Secret Gospel of Thomas*, Pagels discute as mensagens do *Evangelho de Tomás* e do *Evangelho de João*:

> Agora podemos ver como a mensagem de João contrasta com a de Tomás. O Jesus de Tomás instrui cada discípulo para buscar a luz interior (dentro de um ser de luz existe luz), mas o Jesus de João, ao contrário, diz "eu sou a luz do mundo" e "todo aquele que não vem a mim anda nas trevas". Em Tomás, Jesus revela aos discípulos que "vocês pertencem ao reino e a ele devem retornar" e os ensina a dizer "viemos da luz", mas

> o Jesus de João fala como o único que "vem de cima" e, portanto, possui justa prioridade sobre todos os outros: "vocês são de baixo; eu sou de cima... aquele que vem de cima está acima de tudo".

Surgem as diferentes concepções de espiritualidade. Uma embasada em Jesus (Evangelho de João), e outra, no potencial divino de cada um de nós (Evangelho de Tomás). Estas são duas teologias diferentes, duas fés distintas.

5. Uma questão menor: o papel das mulheres

Uma diferença final, embora de menor importância se examinarmos quão pouco os críticos tocam no assunto, envolve o incentivo às mulheres para experimentarem esta revelação e serem líderes na comunidade. Tertuliano, um crítico do movimento, protestou enfaticamente contra a audácia dessas mulheres (*Prescrição contra a Heresia* 41). Ele diz: "As próprias mulheres dos hereges, como são devassas!". Tertuliano não era a favor de mulheres ensinando, fazendo exorcismos e batizando. A alegação dos estudiosos modernos é que a abertura em relação às mulheres era um ponto central de disputa entre os gnósticos e seus críticos, que não ofereciam oportunidades a líderes femininas. Lembre-se, porém, que já citamos um texto gnóstico, o *Evangelho de Tomás* 114, em que as mulheres precisavam tornar-se homens para entrar no reino de Deus. Quando lemos os críticos desses gnósticos no início da Igreja, precisamos entender que tais declarações quanto ao sexo das pessoas eram secundárias. Outras questões relacionadas às revelações secretas, a Deus, a Jesus e à autoridade independente da obra de Jesus para lidar com o pecado eram o que mais incomodava os críticos antigos.

O apelo atual desses escritos

Uma pesquisa rápida, mas importante, sobre essas obras são essenciais para definirmos o que elas são e o que não são. Alguns sugerem que o gnosticismo mostra o quão diverso era o cristianismo no século II. De certa forma, é verdade. Havia um grupo importante, chamado cristão, sobre o qual outros cristãos fizeram muitas advertências quanto às suas visões. Uma pesquisa sobre as crenças gnósticas, ainda que breve, mostra as diferentes visões de Deus, de Jesus, da salvação, revelação e da espiritualidade desse subgrupo. Como alguém poderia dizer que essas diferentes visões fazem parte da mesma fé? Na verdade, a grande diferença entre as duas expressões da fé cristã levava cada lado a acusar o outro de anticristão. Cada um dos lados é muito honesto em suas opiniões sobre o outro, porque cada um sabia quanto estava em jogo nas visões conflitantes sobre Deus.

Esta *divisão* entre os cristãos dos primeiros três séculos deve ser levada em consideração na percepção atual do cristianismo, tanto por romancistas quanto por teólogos. Aqueles que se baseiam nesses escritos sugerem que nosso entendimento sobre a fé cristã inicial deve ser ampla o suficiente para comportar e aceitar ambos os movimentos. Não devemos deixar que a história cristã seja ditada pelos "vencedores" (o que se tornou conhecido como cristianismo ortodoxo). Não devemos abrir mão do que as outras expressões do cristianismo — os textos gnósticos — podem nos ensinar.

Por exemplo, duas citações do livro de Pagel, *The Gnostic Gospels*, revelam como se dá o apelo a esses textos. Ela escreve: "As descobertas de Nag Hammadi encontradas em um tempo de crise social sobre o papel dos sexos nos desafiam a reinterpretar a história e a reavaliar a situação atual". Depois, na página 150, na conclusão de sua importante pesquisa sobre esses textos gnósticos, ela diz:

> As preocupações dos cristãos gnósticos sobreviveram apenas como uma corrente reprimida, como um rio que corre debaixo da terra... Agora que as descobertas de Nag Hammadi nos deram uma nova perspectiva neste processo, podemos entender por que algumas pessoas criativas ao longo dos séculos, de Valentino e Heráclito a Blake, Rembrandt, Dostoiévsky, Tolstoi e Nietzsche, estavam no extremo do ortodoxismo... Hoje, um número cada vez maior de pessoas partilham de sua experiência... Todas as velhas questões, as originais, muito debatidas no início do cristianismo, estão sendo reabertas: Como se pode compreender a ressurreição? E sobre a participação das mulheres em tarefas episcopais? Quem era Cristo e como ele se relacionava com seus seguidores? Quais são as semelhanças entre o cristianismo e outras religiões universais?

Ela termina o livro com este comentário sobre as descobertas de Nag Hammadi:

> Mas permaneceram escondidas até o século XX, quando nossa experiência cultural já havia nos dado uma nova perspectiva sobre as questões que elas levantam. Hoje as lemos com outros olhos, não apenas como "loucura ou blasfêmia" mas como os cristãos dos primeiros séculos as viam — uma grande alternativa ao que chamamos hoje de tradição cristã ortodoxa. Apenas agora começamos a considerar as questões contra as quais elas nos confrontam (p. 151).

Em seu livro mais recente, *Beyond Belief*, Pagels faz outro apelo. Discute sobre o que não gosta no cristianismo como resultado de seu estudo dos textos de Nag Hammadi. Na página 29, ela afirma:

> Esta pesquisa deixou claro o que não posso amar: a tendência de identificar o cristianismo com um conjunto de crenças único e autorizado, embora varie de igreja para igreja, combinado com a convicção de que a fé cristã por si só leva a Deus. Agora que os estudiosos começaram a colocar as descobertas de Nag Hammadi como peças recém-descobertas de um quebra-cabeça complexo, ao lado do que há muito conhecemos como a tradição, vemos que estes notáveis textos, apenas agora conhecidos por todos, transformam tudo o que sabemos sobre o cristianismo.

Existe uma intenção aqui. É a rejeição da fé cristã como um conjunto de crenças historicamente unificado ao longo dos séculos desde o princípio. O apelo de Pagels ignora o primeiro cristianismo tradicional, e, como nas Escrituras da Igreja, há uma crença central expressa em credos antigos que refletem os pontos mais fundamentais e principais do Novo Testamento, que é a ortodoxia, na melhor acepção da palavra. É um cristianismo com ênfases muito distintas que diferem dos textos gnósticos ou da coletânea de Evangelhos "secretos" que já pesquisamos.

As alegações e os apelos de Pagel refletem um planejamento cujo objetivo é revisar a fé ortodoxa. Este esforço é baseado nos chamados documentos secretos, que historicamente foram usados no auge do cristianismo.

É irônico e interessante, mas esta visão fala sobre algo que nenhuma das primeiras vertentes cristãs naquele tempo teria aceitado como uma alternativa viável. A lição aprendida da história é que essas duas abordagens do cristianismo eram tão diferentes a ponto de serem incompatíveis com o ponto de vista uma da outra.

Algumas diferenças entre os quatro Evangelhos podem ser aceitas entre o que chamamos de cristianismo tradicional ou ortodoxo (e tais diferenças têm sido bem documentadas por séculos). Mesmo assim, nunca houve uma combinação persuasiva que tentasse fundir todas essas expressões tradicionais com as visões de caráter gnóstico, de forma que se afirmassem as duas visões. Portanto, nenhum grupo pôde considerar ambas as expressões como cristianismo. Uns fincavam suas raízes no passado para o entendimento da fé no testemunho e na tradição apostólica, enquanto outros agora alegavam acesso a um tipo direto de revelações, que seria mais importante que as revelações passadas. *Esta acusação mútua de que o outro grupo não era cristão é algo que os historiadores modernos que estudam estes movimentos não parecem dispostos a analisar suficientemente.* É um ponto que vale a pena ser lembrado, já que alguns exaltam os segredos desta variante redescoberta da fé cristã.

Mais uma vez, deixarei os escritores antigos falarem por si sós. Falando da virada do século III, Tertuliano responde à obra de Marcion, que ofereceu as próprias escrituras para defender suas idéias no século II. Em *Contra Marcion*, livro 4, capítulo 4, Tertuliano escreve:

> Devemos seguir, portanto, a linha de nosso debate, enfrentando cada esforço de nossos oponentes com vigor recíproco. Digo que o *meu* Evangelho é o verdadeiro, Marcion diz que é o *dele*. Afirmo que o Evangelho de Marcion foi adulterado; Marcion afirma que o meu o foi. Agora, o que nos guia, exceto o princípio do tempo, que determina que a autoridade está com aquele que se provar mais antigo e toma como uma verdade elementar que a corrupção (da doutrina) pertence ao lado que possa ser acusado de estar mais adiantado no tempo de sua origem. Pois, assim como o erro, existe a falsificação da verdade; deve-se entender que a verdade, portanto, precede o erro. Algo deve antes existir para depois sofrer qualquer ataque; e um objeto deve

> preceder qualquer rivalidade que venha a causar. Então, quão absurdo não seria se, depois de provarmos que nossa posição antecede à de Marcion, a nossa ainda seja considerada falsa antes mesmo de ter recebido da verdade sua existência objetiva; e deve-se então considerar que Marcion sofreu nossa discordância mesmo antes de sua publicação; e, finalmente, que devemos pensar que a posição verdadeira é aquela que veio por último — um século depois da publicação de todos os muitos e grandes feitos e registros da religião cristã, que certamente não poderiam ter sido publicados *sem*, isto é, *antes* da verdade do Evangelho.

No próximo capítulo, nossa investigação retornará à era dos escritos e ao debate sobre quais deles foram considerados autoritários na seleção dos Evangelhos. Porém, temos aqui dois pontos-chave: (1) cada lado deste antigo debate não reconhece a legitimidade do outro e (2) o ponto central dos defensores da ortodoxia era a idade ou época dos escritos, bem como seu conteúdo. Resumindo, havia um debate sobre diferenças teológicas reais e significativas.

Por que tudo isso importa?

O recente aumento em publicações e livros populares disseminados por estes pesquisadores nos exige muita atenção ao que está acontecendo na cultura popular. Enquanto escrevo, uma nova onda de livros populares de quase ficção similares a *O Código Da Vinci* está sendo lançada. Isso já se tornou quase um gênero próprio. O papel de Maria Madalena continua em alta meteórica em nossa cultura, ainda que sua exaltação e transformação em símbolo politicamente correto não tenha raízes sólidas no início da história da Igreja. Deve-se distorcer a história para conceder a Maria este papel. Mesmo sendo atraente e apelativa, a realidade virtual não é a histórica. Mesmo a história sendo avaliada pelos padrões em que vivemos hoje, não podemos negar que o apelo à história antiga para sustentação da ficção é uma distorção da história em si.

Em uma avaliação histórica semelhante à minha, Mathewes-Green aponta as deficiências da nova busca e apelo por uma nova interpretação desses outros Evangelhos:

> Agora, podemos ver o que os primeiros cristãos consideravam heresia. O gnosticismo rejeitava o corpo e o via como uma prisão para a alma; o cristianismo insistia que Deus preenchia todas as criaturas e que mesmo o corpo humano poderia ser um vaso de santidade, um "templo do Espírito Santo". O gnosticismo rejeitava as escrituras judaicas e retratava o deus dos judeus como um espírito mau; o cristianismo considerava o judaísmo sua mãe. O gnosticismo era elitista; o cristianismo, igualitário, não fazendo distinção entre "judeu ou grego, homem ou mulher, homem livre ou escravo". Finalmente, o gnosticismo era muito complicado. O cristianismo conservava o convite simples daquele que disse:

> "'vinde a mim as criancinhas". O gnosticismo de ficção científica morreu por suas próprias mãos.
>
> Pagels não concorda com este aspecto do gnosticismo. Mas do mesmo modo os gnósticos não concordariam com sua visão. Eles não consideram estes temas elaborados como mitopoéticos (que é como os neognósticos os descrevem), mas sim como factuais. Sua salvação depende de acertar, e os gnósticos discutiam entre si da mesma forma como os teólogos modernos o fazem. Alguns diziam que o corpo era tão ruim que se devia abandonar a prática do sexo; outros diziam que o corpo era uma ilusão tão grande que não importaria o que fizéssemos com ele. Um pós-modernista que dissesse "Os dois têm razão" seria ignorado por não levar em conta o que está sendo posto em jogo.

O livro de Pagel, *Beyond Belief*, oferece um olhar criterioso sobre este outro tipo de fé cristã por meio de uma fatia deste movimento, *O Evangelho de Tomás*. O artigo de Mathewes-Green aqui citado é um comentário sobre o último livro de Pagels. Este novo trabalho, que surpreendentemente para um livro religioso também chegou ao ápide dos mais vendidos, é um claro exemplo deste chamado para uma reavaliação do que sabemos sobre o cristianismo. Mathewes-Green descreve e analisa as idéias em *Beyond Belief*:

> Este *best-seller* e as revisões e autores que se seguem a ele apresentam um grupo de personagens já conhecidos. Os

> gnósticos, criadores de uma variedade de espiritualismos cristianizados durante os primeiros séculos da era cristã, são entronados como nobres buscadores da iluminação. A Igreja, em seu início, que rejeitava estas teologias, recebe o papel de opressora, impondo credos rígidos aos seus afiliados. É a velha história dos vilões opressores e dos mocinhos rebeldes, e nunca nos cansamos disso.
>
> Mas um olhar sobre o material supostamente escandaloso logo surge. O texto gnóstico mais citado, o Evangelho de Tomás, mistura ditos conhecidos de Jesus com outros de inclinação mais mística. Isso, às vezes, parece misterioso, mas não chega a ser ultrajante. Não são muito diferentes da poética e do misticismo cristãos do início dos tempos. Então, onde está o problema?
>
> Não aqui. Os primeiros cristãos rejeitavam o gnosticismo, tudo bem. Mas o que Pagels apresenta não é aquilo que eles rejeitaram. Aquilo que foi rejeitado, Pagels não comenta.

Mathewes-Green resume o que este capítulo tentou mostrar: que um olhar abrangente sobre esses textos revela uma teologia distinta da fé nos materiais bíblicos. Não podemos selecionar o que destacar neste material. Há nele um pacote teológico e devemos ter consciência de seu conteúdo. Selecionar os pedacinhos mais interessantes e passar por cima de todo o resto do pacote resulta em um desequilíbrio sobre o que foi dito por este movimento antigo. Em sua maioria, os escritos modernos que afirmam o valor deste material tratam apenas do que lhes interessa, não nos oferecendo a história completa. Nosso objetivo ao examinar este código foi preencher todas as lacunas para que tivéssemos a história toda.

Não existe um ponto final. Nossa investigação crítica sobre esta nova corrente apelativa e as obras populares que ela gerou não é uma crítica pura. Posso citar os excelentes estudos de Philip Jenkins, *Evangelhos Ocultos: Como a Procura por Jesus Perdeu Seu Rumo* (2001). Ele registrou que entre outros acadêmicos, como eu, há uma consciência sobre esta reavaliação da história. Jenkins afirma: "Muito dos escritos modernos sobre os Evangelhos ocultos e seus autores são evidentemente maniqueístas, com mocinhos e vilões representados de maneira tão estereotipada quanto nos filmes de cinema". E conclui:

> A exploração cuidadosa de toda a literatura de pesquisas sobre o Novo Testamento no último século pode sugerir que a "nova" visão não faz parte desse tipo, embora, convenientemente, o trabalho das últimas gerações seja ignorado. Como vimos, um tipo de amnésia histórica é uma condição necessária ao mito de acobertamento e descoberta.

Esta nova corrente de revisionismo histórico é uma causa que vale a pena ser notada. *Aqui, começamos a descobrir o verdadeiro segredo e código por trás de* O Código Da Vinci. *Não é nada mais do que um esforço consciente para obscurecer a singularidade e vitalidade da fé e mensagem cristãs.* Historiadores e membros da fé católica, ortodoxa e protestante estão levantando importantes questões sobre os novos tempos de credibilidade histórica. Leitores de tais livros devem saber o que está acontecendo e por que isso é importante. Tal *gnose* não é um segredo; as pessoas têm o direito de conhecer.

O que podemos dizer sobre os Evangelhos secretos?

Nossa investigação sobre o material fascinante e distinto que forma os chamados Evangelhos secretos foi rápida demais. De muitas maneiras, este material contém um código religioso próprio. Já vimos que o segredo não diz respeito à redescoberta e à investigação recentes deste material. Em vez disso, o termo "secreto" diz respeito ao enfoque interno destes textos antigos. Para este ramo de expressão cristã antiga, conhecer os segredos é vivenciar o conhecimento e a salvação. Este conhecimento envolve visões de Deus muito distintas daquelas que dirigiram os principais ramos da igreja tradicional. Cada lado nesta contenda reconhecia que o outro representava uma expressão muito diferente do cristianismo. Não se podia ser facilmente um cristão gnóstico e tradicional ao mesmo tempo. Uma visão era muito diretamente revelatória para a outra, sem contar as diferentes visões sobre Deus Criador, Jesus, a cruz e a salvação. Embora alguns queiram tornar a questão dos sexos um ponto fundamental nessas diferenças, este assunto era uma fonte muito menor de irritação entre as duas diferentes doutrinas, se comparada a outras distinções teológicas-chave.

Dadas estas distinções, seria inevitável que nos séculos subseqüentes ao início da Igreja uma contradição de opiniões acontecesse. O Código 4 foi quebrado. O que está representado nos Evangelhos secretos e textos relacionados é uma expressão de cristianismo amplamente diferente daquela dos textos do Novo Testamento que conhecemos. Nenhum dos lados nesta divisão buscou uma conciliação. Enquanto os cristãos tradicionais acusavam o outro lado de erros e heresias, os gnósticos faziam o mesmo: chamavam os líderes do lado oposto de "canais vazios" (*Apocalipse de Pedro* 79:30). Em *Testemunho da Verdade* 34:26, foi dito sobre os tradicionalistas: "Eles não conhecem a palavra que dá a vida".

A disputa entre os gnósticos e os cristãos tradicionalistas não era uma briga para entrar em uma fé e partilhá-la. Era uma briga sobre quem a representaria. Dizer outra coisa além disso é concordar com uma forma de revisionismo que não reconhece o conjunto ou a natureza originais das diferenças que acabamos de examinar. Imaginar que os cristãos partilhavam uma grande variedade de escritos que alguns reduziram em números para produzir as Escrituras conforme seu desejo é ignorar uma natureza discordante desde o início. Essa disputa eclodiu desde o momento em que estas duas formas de expressão nasceram. Mais uma vez, um elemento de *O Código Da Vinci* é desmascarado. Mais uma vez provamos que não se trata de um "fato".

Mas e sobre os escritos que nos são mais familiares, os chamados quatro Evangelhos? Por que alguns textos recebem um destaque tão maior? Que processo os levou a ser a pedra central da fé de tantos cristãos? Chegamos ao Código 5.

Código 5

Como foram reunidos os Evangelhos do Novo Testamento?

Em uma outra incursão na história, Teabing faz uma nova série de afirmações sobre o desenvolvimento do cristianismo nas páginas 248-52 de *O Código Da Vinci*. Se a discussão sobre os Evangelhos gnósticos é o maior problema nas alegações deste personagem, o tratamento que dá a Constantino e Nicéia não fica muito atrás. Aqui, Teabing diz que "Constantino mandou fazer uma Bíblia novinha em folha, que omitia os Evangelhos que falavam do aspecto humano de Cristo e enfatizava aqueles que o tratavam como divino. Os Evangelhos anteriores foram considerados heréticos, reunidos e queimados" (p. 251).

É nesse contexto que Teabing cita as descobertas de Nag Hammadi, a fonte principal dos textos que acabamos de examinar no capítulo anterior. O Vaticano é responsabilizado por ter escondido esses textos: "A Bíblia moderna foi compilada e revisada por homens com um objetivo político — promover a divindade do homem Jesus Cristo e usar sua influência para solidificar a própria base de poder destes mesmos homens".

Aqui, ao menos, um outro personagem, Langdon, mostra concordar sinceramente com as alegações de Teabing de que "quase tudo o que nossos pais nos ensinaram sobre Jesus Cristo é *mentira*". (itálico do original em *O Código Da Vinci*, p. 252). Constantino e o Concílio de Nicéia, no ano 325, são postos como culpados por forjarem a Bíblia e declararem a divindade de Jesus quando, "até aquele momento da história, Jesus era visto por seus discípulos como um mero profeta mortal" (p. 250). Mais uma vez, Teabing, o "teólogo" do romance, diz: "Cristo como o Messias era fundamental para o funcionamento da Igreja e do Estado. Muitos estudiosos alegam que a Igreja Católica Romana literalmente roubou Jesus de seus seguidores originais, sufocando sua mensagem humana ao envolvê-la em um manto impenetrável de divindade e usando-a para expandir seu próprio poder". Foi por um "resultado meio apertado" no Concílio que Jesus foi feito Filho de Deus.

Ao fazer isso, Teabing explica: "Como Constantino promoveu Jesus à divindade quase quatro séculos depois de sua morte, existem milhares de documentos contendo crônicas da vida Dele *como homem mortal.* Para reescrever os livros de história, Constantino sabia que ia precisar tomar uma iniciativa ousada. Surgia naquele momento o fato crucial para a história cristã" (itálicos em *O Código Da Vinci*, p. 251). Em outras palavras, Constantino e o Concílio ignoraram uma porção de documentos ao conceder a Jesus um *status* maior do que ele possuía anteriormente. A alegação é de que o cristianismo, como o conhecemos, é na verdade uma criação do século IV, não do século I. Mas repare no apelo que Teabing dirige aos estudiosos que afirmam que a passagem humana de Jesus foi tomada e transformada em algo que converteu Jesus em um Deus pela Igreja que se seguiu. Aqui é onde o romance e os estudos acadêmicos se encontram. *O Código Da Vinci* recorre ao "Código Acadêmico".

Nessas alegações, estão duas idéias que merecem nossa atenção. São o modo como os Evangelhos do Novo Testamento surgem como pedras fundamentais da fé cristã e a questão da divindade de Jesus. Vamos começar pela última questão. O que vamos investigar aqui é: (1) em que os cristãos acreditam e quando começaram a acreditar nisso e (2) o que acontecia antes do Concílio de Nicéia. Em outras palavras, em que os cristãos acreditavam antes de Nicéia e onde podemos encontrar evidências sobre isso.

Antes de examinarmos estas questões, precisamos notar três pontos em *O Código Da Vinci* que têm certa validade. Primeiro, não há dúvidas de que Constantino foi uma figura-chave e que sua administração representou uma virada na história cristã. Nos séculos anteriores a ele, os cristãos sofreram perseguições e martírios. Tudo isso mudou quando o imperador começou a apoiar o cristianismo. Segundo, o Credo de Nicéia foi uma importante afirmação histórica na história da fé e, em parte, um esforço no sentido de controlar aquilo em que o povo viria a acreditar. A crença foi uma tentativa de afirmar os pontos centrais daquilo que os cristãos viam como essencial para que todos os cristãos acreditassem, um esforço importante e significativo para um movimento tão diversificado quanto o cristianismo até o ano 325. Terceiro, a escolha dos textos para um conjunto oficial que veio a tornar-se o cânone das Escrituras aconteceu neste período. Outro resultado deste processo foi a destruição de outros documentos e sua influência.

O Concílio e o credo representavam o que um considerável número de comunidades cristãs acreditaram durante mais de dois séculos. Este era o principal motivo pelo qual esta visão encontrou suporte no Concílio. O Credo de Nicéia estabeleceu uma linguagem filosófica e teológica precisa para aquilo que já era propagado em termos genéricos havia anos. Também confirmou quais textos expressavam aquela visão. E o mais importante: os quatro Evangelhos adotados na ocasião já estavam solidamente estabelecidos e reconhecidos nestas comunidades por mais de cem anos antes do Concílio. Os decretos de Nicéia, em vez de estabelecerem a crença oficial da Igreja, apenas confirmaram e reconheceram oficialmente aquilo que já fazia parte da visão dominante da Igreja. O cânone e como chegamos até ele é uma história que começa com as crenças sobre Jesus.

A divindade de Jesus: voto ou convicção?

Afinal, em que os cristãos acreditavam? Quando acreditaram nisso? A adoção da divindade de Jesus foi um mero fato político do século IV? Para fins de registro, o Credo de Nicéia do ano 325 declara:

> Creio em um só Deus
> Pai todo-poderoso,
> criador do céu e da terra
> de todas as coisas visíveis e invisíveis.
>
> Creio em um só Senhor, Jesus Cristo,
> Filho Unigênito de Deus,
> nascido do Pai antes de todos os séculos;
> Deus de Deus,

Luz da Luz,
Deus verdadeiro de Deus verdadeiro;
gerado, não criado,
consubstancial ao Pai.

Por ele todas as coisas foram feitas.
E por nós, homens, e para nossa
salvação, desceu dos céus
e se encarnou pelo Espírito Santo,
no seio da Virgem Maria,
e se fez homem.
Também por nós foi crucificado sob
Pôncio Pilatos;
padeceu e foi sepultado.

Ressuscitou ao terceiro dia,
conforme as Escrituras,
e subiu aos céus,
onde está sentado à direita do Pai.

E de novo há de vir, em sua glória,
para julgar os vivos e os mortos;
e o seu reino não terá fim.

Creio no Espírito Santo,
Senhor que dá a vida,
e procede do Pai e do Filho;
e com o Pai e o Filho
é adorado e glorificado:
Ele falou pelos profetas.

Creio na Igreja,
una, santa, católica e apostólica.
Professo um só batismo
para a remissão dos pecados.
E espero a ressurreição dos mortos
e vida do mundo que há de vir.
Amém.

1. Provas de Paulo no século I e outros textos tradicionais

Nossa jornada investigativa não nos leva apenas aos Evangelhos, mas também ao apóstolo Paulo, um judeu que, segundo suas próprias palavras, perseguiu os cristãos e aprovou prisões e execuções antes de conhecer Jesus (Gal. 1:11-24). Este fato causou uma revolução pessoal em sua visão teológica. Os escritos de Paulo datam entre os anos 50 e 68, quase 300 anos antes de Nicéia. Paulo utilizou textos tradicionais para mostrar que outros admitiam e partilhavam de suas crenças teológicas fundamentais. Não havia nenhum Constantino quando Paulo escreveu. Duas categorias principais de textos nos permitem conhecer a de Paulo e a teologia de outros que partilhavam de suas idéias: os textos que envolvem a declaração confessional da Igreja, e os momentos em que ele menciona Jesus usando a linguagem pertencente a Deus no Velho Testamento.

A primeira categoria de textos envolve declarações confessionais como em 1 Coríntios 8:5-6. Paulo percebe que, enquanto aqueles no resto do mundo adoravam muitos deuses, ele e os cristãos adoravam um Deus e um Senhor Jesus Cristo: "Porque ainda que haja também alguns que se chamem deuses, quer no céu, quer na Terra (como há muitos deuses e muitos senhores), todavia para nós há um só Deus, o Pai, de quem é tudo e para quem vivemos; e um só Senhor, Jesus Cristo, pelo qual são todas as coisas, e nós por ele".

O título "Senhor" referia-se a Deus. Na bíblia grega dos judeus, conhecida como Septuagint, o título "Senhor" freqüentemente substituía o termo "Deus". Chamar Jesus Cristo de Senhor era aludir à sua deidade, especialmente em uma passagem na qual se mencionavam outros deuses da fé religiosa de outras pessoas. Segundo Paulo, Jesus tomou parte na criação como Criador. Para uma pessoa de formação judaica, esta seria uma declaração de uma atividade de Deus Criador. Séculos antes de Nicéia, um importante líder cristão afirmava a divindade de Jesus não por mero uso de um título, mas por descrição de suas atividades.

Outra categoria de textos em Paulo envolve os textos de substituição como Filipenses 2:9-11. Sem constrangimento, Paulo associa a Jesus a linguagem que o profeta Isaías associava a Deus na bíblia judaica. O texto diz: "Por isso, também Deus o exaltou soberanamente e lhe deu um nome que está acima de todo nome; para que ao nome de Jesus se dobrem todos os joelhos dos que estão nos céus e na Terra e debaixo da Terra". Nesta passagem, Jesus é objeto de adoração, já que todos os joelhos curvam-se diante dele, além de ser portador do título de Senhor. A linguagem vem de Isaías 45:23 em que o profeta cita Deus falando ("Por mim mesmo jurei: da minha boca sai o que é justo, uma palavra irreversível. Diante de mim todo joelho se dobrará e toda língua prestará juramento."). Jesus é posto na mesma posição de Deus. Recebe as mesmas homenagens que Deus. Estes não são os únicos textos de Paulo em que isso ocorre. Isso também acontece em outros escritos de outros autores daquilo que veio a tornar-se o Novo Testamento (por exemplo: Os 102:25-27 em Hebreus 1:1-13). Nesses textos, Jesus não é um simples profeta. Possui a mesma glória e honra de Deus.

2. Mais evidências do século I no Novo Testamento

Paulo não estava sozinho. O Evangelho de João, provavelmente escrito nos anos 90 do século I, traz uma declaração ambígua sobre a divindade de Jesus em seu primeiro capítulo:

> No princípio era o verbo e o verbo estava com Deus, e tudo o que era Deus era o verbo. (v. 1)
>
> Ele estava com Deus no início, todas as coisas eram feitas por meio dele. (vv. 2-3)
>
> E o verbo se fez carne. (v. 14)

João deixa claro na abertura de seu Evangelho que a palavra que se tornou carne é Jesus, a encarnação verdadeira e completa da deidade. Mais uma vez, a participação na criação aponta para a deidade, da mesma forma como Paulo afirmou.

Alguns sugerem que o que Paulo e João afirmaram sobre Jesus contrasta com a visão dos outros Evangelhos. Isso é falso. Marcos, Mateus e Lucas foram escritos provavelmente nesta ordem, entre os anos 60 e 80. As datas são discutidas por estudiosos; eu utilizo a média menos conservadora. Estes documentos também são do século I e contam a história de Jesus de modo mais restrito que João, o que me obriga a dizer que eles eram menos abertos a atribuir a deidade a Jesus. Eles contam a história de Jesus "da Terra ao céu". Registro este ponto em meu estudo sobre Jesus intitulado *Jesus de acordo com a Escritura*, em que examino cada passagem sobre Jesus, de Mateus a João. Em outras palavras, os três primeiros Evangelhos contam a história como uma narrativa ou, ainda, um mistério, levando a uma confissão final sobre quem é Jesus. Mas não se engane, todos os três declararam definitivamente que Jesus é Deus.

Nestes Evangelhos, quando Jesus é levado para ser crucificado, é condenado à morte por blasfêmia. Jesus afirmava que Deus o apontaria como o Filho do Homem, o que se sentava à direita de Deus e andava nas nuvens — algo que apenas a deidade pode fazer na Bíblia. Esta é a mesma honra e glória divinas partilhadas com Deus que Paulo e João mencionam em seus escritos. Todos estes escritos concordam que Jesus era divino.

Por trás dessa declaração de O Filho do Homem estavam duas idéias que atribuem um único *status* a Jesus. Uma é a imagem do Filho do Homem, uma figura humana em Daniel 7:9-13 que receberá a autoridade divina para julgar e levar à presença de Deus. A outra era que esta figura se sentaria com Deus no paraíso, e não apenas O visitaria no paraíso. Estas idéias apontam para uma confirmação única de Jesus. Os judeus que ouviam tais declarações acreditavam que Jesus blasfemava, o que significa dizer que ele insultava a dignidade única de Deus. Compreender o fundo judaico desta cena é reconhecer a autoproclamação exaltada que Jesus faz.

Os detalhes desta visão de Jesus e seu pano de fundo são tratados em um estudo de 200 páginas que escrevi há alguns anos, quando fazia uma pesquisa na Universidade de Tübingen, Alemanha. Em *Blasfêmia e Exaltação no Judaísmo e o Exame Final sobre Jesus*, falo da visão judaica sobre quem se sentaria com Deus no paraíso e em quais circunstâncias. No julgamento que os líderes judeus fazem das declarações de Jesus, elas são autênticas exaltações ou considerações que ofendem a glória exclusiva de Deus.

Os Evangelhos relatam este evento para deixar clara sua opinião. À luz da ressurreição de Jesus, ele é uma figura divina digna de sentar-se à presença de Deus, porque é capaz de partilhar de sua glória exclusiva. Voltaremos a isso mais tarde. Por enquanto, entendam que estes Evangelhos e os escritos de Paulo, documentos do século I, retratam Jesus como uma figura totalmente humana e o único a possuir a honra da deidade. Estas crenças foram difundidas no cristianismo por quase três séculos antes de Nicéia.

Não estou sozinho ao sustentar esta visão e ao apresentá-la em detalhes. Larry Hurtado, professor de Novo Testamento na Universidade de Edimburgo, realizou um estudo recente que percorre a história sobre esta forma de compreensão de Jesus ao longo dos primeiros séculos e um pouco além dos primeiros textos. O estudo reforça o que afirmamos aqui. Seu livro, *Senhor Jesus Cristo: Devoção a Jesus no Início do Cristianismo* (2003), levanta questões sobre aspectos desta "nova" leitura da história que afirma que Jesus não era reconhecido como divino até o século IV.

3. O que podemos dizer sobre a idade da visão de um Jesus divino?

Mais uma vez quebramos *O Código Da Vinci* e provamos que ele é falho. A idéia de que Jesus era divino não surge em um decreto 300 anos após sua morte. Sugerir que esta visão da divindade de Jesus surgiu tão tarde, como Teabing faz no romance (p. 250), é mergulhar fundo na ficção e na má pesquisa histórica. A noção de divindade está claramente registrada nos livros escritos apenas algumas décadas após sua morte e encontra sustentação em seus seguidores mais próximos.

Mas e sobre a montagem destes livros que vieram a se tornar o Novo Testamento? Como estes livros se tornaram parte do que os teólogos chamam de *cânone*, termo que significa nada menos que "padrão"? Será que um simples decreto em Nicéia foi o que determinou isso e a exclusão de outros livros?

E sobre o cânone e a criação do Novo Testamento?

A escolha dos livros do Novo Testamento é fruto de um longo processo que se seguiu do momento da criação dos documentos, na segunda metade do século I, até seu reconhecimento, na metade do século IV. Em seu livro, *O Cânone do Novo Testamento*, o professor de Novo Testamento de Princeton, Bruce Metzger, detalha a história que vimos rapidamente aqui. No ano 367, Athanasius foi o primeiro a relacionar os 27 livros do Novo Testamento de acordo com o que existe hoje na maioria dos círculos cristãos. Também foi o primeiro a utilizar o termo *cânone* para sua reunião de textos. Esta lista realmente surge após Nicéia (325 d.C.). Mas a história da montagem do Novo Testamento mostra que, ao final do século II, os quatro Evangelhos tinham emergido, devido às suas raízes, conteúdo e utilização, como a principal fonte sobre a vida e o ministério de Jesus.

Quatro forças orientaram os esforços para definir quais documentos evangélicos receberiam autoridade definitiva entre os cristãos. Eram elas as raízes apostólicas como base para a verdade, o uso difundido (conhecido como catolicidade), o surgimento de visões da fé contrapostas e a perseguição. Combino a discussão das três primeiras forças: as raízes apostólicas e o reconhecimento da autoridade destas obras levaram à difusão de seu uso, enquanto o surgimento de obras com visões contraditórias levou à consolidação daquelas obras que vieram a ser taxadas de autoritárias.

1. A escolha dos quatro Evangelhos: raízes apostólicas como base para a verdade, o uso difundido e a ameaça de falso ensinamento

Em todas as citações feitas aqui dos documentos dos séculos II e III, já prevalecia a posição privilegiada dos quatro Evangelhos escolhidos. Esta confirmação ocorre junto com o reconhecimento de que a existência de visões contraditórias da fé tornaram-na ainda mais importante. Os quatro Evangelhos escolhidos apelam para raízes apostólicas e para a verdade para lidar com a questão dos falsos ensinamentos.

Os trabalhos de teólogos do século II, como Irineu, e daqueles do século III, como Tertuliano, deixaram claro que a existência de grupos como os ebionitas — um grupo legalista do século II — e outros liderados por Marcion (140), Montanus (170) e Valentinus (ca. 100-175) fizeram pressão para que fossem identificados não apenas as crenças teológicas centrais dos cristãos, mas também seus documentos fundamentais.

Além disso, as listas dos livros recebidos pela Igreja datam deste período. Estas listas reconheciam quais livros eram aceitos pelas igrejas e quais eram lidos em serviços religiosos. Nos séculos anteriores à invenção da imprensa, a maioria dos cristãos tomava conhecimento destes livros por meio das leituras em serviços religiosos. Uma das listas mais importantes é a obra latina conhecida como *Cânone Muratoriano*. Esta lista foi descoberta em 1740 pelo historiador italiano Ludovico Antonio Muratori, por isso leva seu nome. Possui 85 linhas e contém fraturas no início, as lacunas típicas encontradas em textos antigos. O manuscrito, cópia do documento original, parece ser do século VIII. A referência no documento à criação do *Pastor de Hermes* e ao fato de que Pio I havia se tornado bispo (d. 157) nos diz que a lista original provavelmente é do final do século II, ou 150 anos antes de Nicéia, embora a data seja discutida por alguns que apontam o século IV.

Em seguida às fraturas, o documento afirma: "O terceiro livro do Evangelho é o de Lucas". O documento cita apenas quatro Evangelhos como "o Evangelho". Na verdade, João é mencionado assim: "O quarto dos Evangelhos é o de João, um dos discípulos". Aqui temos provas do século II de que "o Evangelho" estava contido nos quatro Evangelhos, e apenas neles. Esta lista também é interessante por reconhecer que a Igreja recebeu apenas os apocalipses de João e Pedro, embora o de Pedro seja questionado quanto à adequabilidade para ser lido nos cultos. O *Cânone Muratoriano* nomeia explicitamente obras de Valentino e Marcion que deveriam ser excluídas da Igreja.

Irineu, líder da Igreja no século II, escreveu *Contra as Heresias*, em que defende e explica a fé enraizada na tradição passada adiante. No Livro 3.11.7 ele esclarece as bases da fé e diz a que grupo se opõe em suas obras. O texto diz:

> 7. Tais, portanto, são os primeiros princípios do Evangelho: de que há apenas um Deus, o Criador do universo; Aquele que também fora anunciado pelos profetas e que por meio de Moisés instruiu a lei, — [princípios] que proclama o Pai de nosso Senhor Jesus Cristo, e ignora qualquer outro Deus ou Pai, exceto ele. Tão fir-

> me é o chão sobre o qual se alicerçam estes Evangelhos que até mesmo os hereges recorrem a ele, e, partindo destes mesmos documentos, cada um deles estabelece sua doutrina particular. Pois os ebionitas, que usam apenas o Evangelho de Mateus, são desmentidos por ele mesmo, pregando falsas idéias sobre o Senhor. Mas Marcion, mutilando o Evangelho de Lucas, prova ser um blasfemador do único Deus, naquelas [passagens] que ainda conserva. Aqueles outros que separam Jesus do Cristo, dizendo que Cristo permaneceu intocável enquanto Jesus sofria na cruz, preferindo o Evangelho de Marcos, se o lerem com amor à verdade talvez vejam seus erros desmentidos. Aqueles, ainda, que seguem Valentino, citando exaustivamente o Evangelho de João para ilustrar suas teorias, podem ser provados totalmente errados por este mesmo Evangelho, como eu mesmo mostrei em meu primeiro livro. Assim, nossos oponentes nos prestam testemunho e fazem uso destes [documentos]; nossa prova vinda destes é firme e verdadeira.

Irineu trata de várias questões. Primeira, diz que a base de sua fé é o que os Evangelhos-chave afirmam, não apenas fragmentos deles. Criticou os ebionitas porque eles utilizavam apenas Mateus; criticou Marcion porque ele utilizava apenas fragmentos escolhidos de Lucas; e criticou Valentino porque ele utilizava o Evangelho de João seletivamente. Irineu não escolhia os documentos que iria utilizar. Afirmava que os quatro Evangelhos — Mateus, Marcos, Lucas e João, em sua integralidade, relatavam o principal testemunho sobre Jesus. Segunda, Irineu reagiu a visões opostas do cristianismo acusando outros grupos de "doutrina particular", as quais, entre outros erros, separavam Jesus do Cristo quanto ao sofrimento de Jesus. Estas visões eram, de certa forma, semelhantes às que vimos na investigação dos Evangelhos gnósticos. Como já mostrado no capítulo anterior, vemos provas claras de visões opostas dentro do cristianismo, além de opiniões divergentes sobre quais Evangelhos ou que parte deles melhor representariam o cristianismo.

No próximo capítulo de *Contra as Heresias*, 3.11.8, Irineu explica por que deveria haver apenas quatro Evangelhos-chave. Ele expressa sua convicção sobre a maior importância dos quatro Evangelhos ao escrever:

> 8. Não é possível que haja nem mais nem menos de quatro Evangelhos. Pois que existem quatro regiões no mundo em que vivemos e quatro ventos principais; e, uma vez que a Igreja está espalhada por todo o mundo e o pilar e a base da Igreja são o Evangelho e o espírito da vida; é coerente que ela tenha quatro pilares exalando imortalidade por todos os lados e novamente vivificando todos os homens. Desse fato, é evidente que a Palavra, o Artífice de todas as coisas, ele que se senta com os anjos e possui todas as coisas, ele que se manifestou aos homens, nos deu o Evangelho em quatro partes, mas ligadas por um Espírito. Como Davi também disse ao suplicar sua manifestação: 'Tu que te sen-

tas entre os anjos, brilha." Pois os anjos também têm quatro faces, e suas faces são imagens da revelação do Filho de Deus.

Mais tarde, na mesma passagem, Irineu cunhou uma expressão que resumia a visão da Igreja naquele período: "o Evangelho é quadriforme" ou o único Evangelho está contido nos quatro Evangelhos:

> Assim, então, como o curso seguido pelo Filho de Deus, é também a forma de todas as criaturas vivas; e assim como é a forma de todas as criaturas vivas é a natureza do Evangelho. Pois as criaturas vivas são quadriformes, como o curso seguido pelo Senhor. Por isso foram quatro os compromissos oferecidos aos homens: o primeiro, antes do dilúvio, com Adão; o segundo, após o dilúvio, com Noé; o terceiro, a entrega das leis a Moisés; o quarto, aquele que renova os homens e resume todas as coisas em si por meio do Evangelho, criando e comprometendo os homens com o reino dos céus.

Irineu não estava criando um Evangelho de quatro livros. Estava apenas apresentando as razões que justificavam sua aceitação. Em outras palavras, o Evangelho de quatro livros já existia. Os quatro livros continham o Evangelho. As quatro obras respondiam pelo fundamento da fé dos cristãos que buscavam se basear nos ensinamentos dos apóstolos e nas palavras daqueles que os ouviram.

Para Irineu, raízes apostólicas sustentavam a validade dos Evangelhos. Em *Contra as Heresias*, 3.1.1, ele explica:

> Não aprendemos de outros os planos da salvação senão daqueles por quem nos chegou o Evangelho, que eles uma vez pregaram em público, e, mais tarde, pela vontade de Deus, nos deram as Escrituras para que fossem a base e o pilar da nossa fé. Pois é contra a lei acreditar que eles pregaram antes de possuir o "conhecimento perfeito", como alguns se aventuram a dizer, gabando-se de ter melhorado o trabalho dos apóstolos. Pois, depois que o Senhor ressuscitou dos mortos, [os apóstolos] foram investidos do poder dos céus quando o Espírito Santo desceu [sobre eles], e ficaram cheios de tudo [de todos os dons] e receberam o conhecimento perfeito: partiram para os quatro cantos do mundo pregando as boas-novas [enviadas] por Deus a nós, e proclamando a paz dos céus aos homens, que da mesma forma igual e individualmente possuem o Evangelho de Deus.

Neste texto, Irineu critica aqueles que acreditavam poder melhorar o que disseram os apóstolos. O texto revela que o debate entre os grupos era sobre a revelação e a autoridade, um fato reconhecido por ele na discussão dos Evangelhos gnósticos e nas visões associadas a tais trabalhos. Irineu rejeita a idéia de que "o conhecimento perfeito" (lembre-se da ênfase na *gnose*) viria por meio desses textos evangélicos centrais. O debate acerca dos Evangelhos era sobre se estavam tão embasados numa conexão apostólica, sendo assim completamente apropriados para transmitir a fé, ou se novas revelações seriam necessárias. Para Irineu, a resposta é que estes Evangelhos eram adequados. Nenhuma outra revelação seria necessária.

Quando falo em conexão apostólica, não estou dizendo que os quatro Evangelhos foram escritos por apóstolos, mas que os Evangelhos estiveram em contato com eles. Nada torna essa prova mais clara que a inclusão de Marcos e Lucas entre os quatro, sendo que nenhum deles fazia parte dos 12 apóstolos. O que se acredita e se tem como fato é que Marcos manteve contato com Pedro, e Lucas, com Paulo, o que nos leva a crer que tinham a mesma autoridade dos 12 apóstolos e até mesmo entre eles.

Irineu acreditava que João e Mateus eram autores destes Evangelhos, assunto que hoje é objeto de discussão entre os estudiosos do Novo Testamento, embora a maioria aceite que os Evangelhos tenham origens em grupos que estiveram em contato com estes apóstolos. Outros, hoje, defendem as opiniões de Irineu sobre a autoria apostólica de Mateus e João. O ponto central aqui, apesar do debate moderno sobre a autoria, é que estes textos têm uma relação inerente com raízes apostólicas que os outros Evangelhos não têm. Esta é a razão pela qual circularam tão amplamente. Esta também é a razão por que os opositores de Irineu os utilizaram como fonte para sustentar suas opiniões. Na visão destes padres, as raízes apostólicas estariam associadas à idéia de que estes textos ensinavam precisamente a fé. Como sugeriu Irineu, não se pode melhorar o que disseram os apóstolos.

Justino Mártir, escrevendo no século II ainda antes de Irineu, referiu-se aos Evangelhos como "memórias que, digo, foram escritas por seus apóstolos e aqueles que o seguiram" (*Diálogo com Trifo* 103.19). Ele utilizou o termo "memórias dos apóstolos" 15 vezes em seu trabalho. O emprego do termo *memórias* no plural deixa claro que existia mais de um Evangelho nesta coleção de textos. As referências citam Mateus, Marcos, Lucas e João. Em *Diálogo* 106.3, Justino Mártir refere-se ao Evangelho de Marcos como "memórias de Pedro", seguindo a associação tradicional entre Marcos e Pedro. Em *Primeira Apologia* 66.3, refere-se às "memórias dos apóstolos" e depois afirma que elas também eram chamadas de "Evangelhos", sugerindo que o título era bem conhecido para os escritos. Também mencionou o Evangelho escrito em *Diálogo* 10.2 e 100.1.

Estes e outros autores vêem o valor destes textos evangélicos e os defendem baseados em sua origem apostólica. Estas são coleções de escritos dos que andaram com Jesus. A crença de que o Evangelho de Tomás e outros posteriores não tinham uma conexão apostólica autêntica fez com que muitos cristãos não os aceitassem como transmissão da fé em sua forma original.

Taciano, aluno de Justino Mártir no século II, tornou-se seguidor de Valentino, razão pela qual foi banido da comunidade romana à qual pertencia. Ele combinou os quatro Evangelhos em um único relato, por volta do ano 172 d.C., com o nome de *Diatessaron*, que em grego significa "por meio dos quatro". Esta foi a primeira tentativa de combinar os Evangelhos em uma única história sobre Jesus. A maior parte deste trabalho são os quatro Evangelhos mais algumas fontes. Mesmo os gnósticos reconheciam a importância central destes Evangelhos ao final do século II. Além disso, a Igreja nunca aceitou o trabalho de Taciano como uma reposição para os quatro Evangelhos, mesmo que tal reconhecimento representasse uma simplificação da apresentação de Jesus transformada em uma única história. Os quatro Evangelhos eram extremamente importantes e estavam muito bem estabelecidos para serem fundidos em uma única história.

Mais tarde, voltaremos a Orígenes (185-254). Em sua primeira homilia sobre Lucas 1:1, segundo a tradução latina feita por São Jerônimo, ele diz:

> Conheço um certo Evangelho chamado de "Evangelho segundo Tomás" e "Evangelho segundo Matias" e muitos outros nós lemos para que não sejamos, de forma alguma, considerados ignorantes por aqueles que imaginam que têm algum conhecimento se tiverem consciência destas obras. Entretanto, dentre todos estes, aceitamos apenas o que a Igreja reconheceu, que apenas os quatro Evangelhos devem ser aceitos.

Este entendimento é confirmado em uma citação de Orígenes em *História Eclesiástica* de Eusébio, no século IV. Orígenes, em seu *Comentário sobre o Evangelho de Mateus*, defende a idéia de um conjunto de livros reconhecidos pela Igreja:

"Entre os quatro Evangelhos que são os únicos indiscutíveis na Igreja de Deus na Terra, aprendi com a tradição que o primeiro a ser escrito foi o de Mateus". Ele depois explica que se seguiram Marcos, Lucas e João, nesta ordem. Estas citações são de alguém que viveu cem anos antes de Nicéia e reproduzem o que ouvimos de outros escritores antigos. A maior parte da Igreja reconhecia apenas quatro Evangelhos. Os outros foram explicitamente excluídos.

Já disse que as raízes apostólicas, o uso difundido e a pressão por expressões alternativas do cristianismo levaram à identificação destes documentos, tidos como os mais representativos da fé original. Todos os textos aqui citados foram escritos mais de um século antes de Constantino e Nicéia. Na verdade, a necessidade de classificar alguns livros — tanto Evangelhos quanto Epístolas — de canônicos surgiu em parte porque alguns dos opositores, como Montanus no século II, começaram a classificar os livros que queriam como autoritários, em oposição a livros que outros usavam. A discussão a respeito de quais livros continham a fé era uma discussão sobre revelações e autoridade, com cada um dos lados fazendo afirmações distintas.

A lista completa de Irineu continha 27 livros, incluindo os quatro Evangelhos. Os quatro Evangelhos e muito da coleção paulina eram a primeira parte do que mais tarde ficou conhecido como Novo Testamento. Os Evangelhos e a maior parte da coleção paulina já estavam bem estabelecidos e em circulação no ano 200. As discussões posteriores em torno do cânone envolveram aproximadamente 12 outros livros antes de o número final de 27 surgir no século IV. Alguns optaram por alguns cortes, outros não. Mas os Evangelhos de Mateus, Marcos, Lucas e João estavam presentes desde o início do processo, e este é o ponto a ser lembrado diante das alegações de *O Código Da Vinci* de que tais Evangelhos ganharam autoridade apenas mais tarde.

2. Perseguições

Outros fatores anteriores a Constantino que contribuíram para a adoção de tais livros foi a perseguição. Em algumas perseguições entre os séculos II e IV, os livros sagrados dos cristãos eram queimados ou destruídos. Esse foi um decreto do imperador Diocleciano no ano 303 d.C. A fim de cumprir a ordem de destruir os livros, as autoridades deveriam ser capazes de identificá-los pelos nomes. Aqueles que defenderiam os livros sagrados de tal ordem, precisariam saber por quais deles valeria a pena morrer.

Portanto, quatro fatores levaram ao desejo de classificar os livros centrais da fé cristã: as raízes apostólicas, o uso difundido, a pressão de formas alternativas do cristianismo e a perseguição. A afirmação de serem baseados em testemunhos dos apóstolos e o uso extensivo como resultado disso dirigiram o processo de aceitação destes quatro Evangelhos. Os livros não foram, então, escolhidos por sua importância para a Igreja. Suas raízes foram tidas como uma garantia de sua veracidade. Todos os textos citados neste capítulo são anteriores a Constantino em mais de cem anos. Na verdade, no tempo de Constantino, os quatro Evangelhos já eram antigos.

O que podemos dizer sobre os quatro Evangelhos como parte do cânone?

O reconhecimento dos quatro Evangelhos como uma fonte importante para os cristãos antecede significativamente Constantino e Nicéia. Seu uso, mesmo por aqueles a quem os cristãos tradicionais se opunham, mostram que eles eram fontes bem estabelecidas. Com base em uma leitura dos escritos dos primórdios da Igreja, podemos dizer que Mateus e João são os mais populares e os mais citados entre os Evangelhos, com Lucas e Marcos aparecendo em seguida. Marcos é geralmente o menos citado, porque a maior parte de seu conteúdo é semelhante a Mateus e Lucas.

Existe outro ponto sutil em nossa jornada. Não perguntamos se estes Evangelhos secretos dizem coisas historicamente verdadeiras. Eles falam de Jesus? Refletem seus ensinamentos? Suas ênfases são as mesmas de Jesus? Ou são apenas uma bobagem? Alguém poderia fazer estas perguntas e achar os textos incompletos. Nossa jornada não chega até aí. Queríamos apenas levantar questões relacionadas à suposição de que os Evangelhos foram extraídos como um conjunto do período apostólico em detrimento de outros textos concorrentes. Minha afirmação é mais sutil. Mesmo se tomarmos estes textos e seus ensinamentos por si sós, eles não comportam o que a nova escola que valoriza os Evangelhos gnósticos diz deles. Esses textos, nos dois lados do debate, nos forçam a uma escolha. Ou os textos gnósticos refletem o que Jesus fez e quem foi ou os quatro Evangelhos são as melhores testemunhas do movimento gerado por Jesus Cristo. Não se pode seguir pelos dois caminhos.

Um conhecido estudioso católico do Novo Testamento, Raymond Brown, examinou o livro *Os Evangelhos Gnósticos* para o *New York Times*, em novembro de 1979. Ele diz que o que os cristãos dos séculos II e III fizeram ao reconhecer estes livros e rejeitar os outros foi rejeitar "apenas o lixo do século II"; e continua dizendo: "e eles continuam sendo lixo".

O Código 5 está quebrado. Atribuir a seleção dos Evangelhos a Constantino e ao Concílio de Nicéia é ignorar mais de um século de difusão do uso e reconhecimento dos quatro Evangelhos. Jamais houve uma ocasião em que os líderes da Igreja fizeram suas escolhas dentre dezenas de Evangelhos. Afirmar tal coisa é transformar Constantino em uma figura histórica que ele nunca foi. Os quatro Evangelhos já estavam bem estabelecidos muito antes de Constantino nascer.

Agora que já vimos por que alguns textos foram aceitos e outros não, podemos voltar ao papel de Maria Madalena e de outros personagens do início da Igreja. Os pontos mais complexos de nossa investigação já foram esclarecidos. Já vimos que muito do que *O Código Da Vinci* oferece como fato na realidade não o é. Mas as questões que o livro levanta sobre as distinções de gênero no início da Igreja ainda merecem nossa atenção. Trataremos disso no Código 6.

Código 6

O honroso papel de Maria como apóstolo se encaixa nas teorias da Nova Escola?

Aqui, enquanto escrevo, chega às bancas uma reportagem de capa na *Newsweek* com o título "As Histórias Perdidas da Bíblia". É uma discussão sobre o papel das mulheres na Igreja e no seu início. Os principais entrevistados são acadêmicos de universidades de prestígio, incluindo Harvard e Princeton, que trabalham com a retratação de Maria Madalena em muitos dos textos que acabamos de discutir. O *Evangelho de Maria* e textos afins são o carro-chefe da reportagem. Esta matéria se encaixa bem em algo do que vimos em *O Código Da Vinci*. O romance atribui um papel especial de liderança na Igreja a Maria Madalena, que depois foi ocultado. Com a teoria de que Jesus teria sido casado com ela, está a alegação de que "a ameaça que Maria Madalena representava... era potencialmente destruidora" (p. 271). A Igreja difamou Maria por causa de sua liderança e papel familiar e a transformou em uma prostituta para limitar a influência das mulheres e negar a elas o papel de liderança dentro da Igreja que Jesus lhes havia dado.

É aqui também que o romance apresenta sua teoria de que Maria está presente no quadro *A Última Ceia*, de Leonardo Da Vinci. Também existe a idéia de que o Santo Graal é Maria, representando seu papel oculto como parte da família de Jesus. O romance alega que a obra-prima de Da Vinci exibe uma imagem em forma de 'V' à esquerda de Jesus. Este 'V' é o símbolo do feminino e nos informa que Maria está na tela como uma líder da Igreja (p. 261. Aqui não se diz que a pintura tem em seu lado direito outro 'V', menos evidente, mas ninguém afirma que existe uma outra mulher na tela). Então, Maria recebeu a ordem de estabelecer a Igreja. Jesus foi o "feminista original" (p. 265). Este papel feminino seria tão ameaçador ao caráter predominantemente masculino da Igreja que ela fez da mulher um inimigo, usando todo seu poder político para difamar a reputação de Maria, transformando-a em uma prostituta (p. 261).

Aqui temos uma alegação complexa. Este é um dos poucos pontos em que o livro tem algum mérito em certos aspectos do que afirma. Mas, em todo caso, uma teoria de uma "supressão" de Maria não deixa de ser exagerada. Todas as evidências antigas relevantes precisam de uma nova análise.

Como Maria Madalena está sendo usada: o novo código por trás do Código Da Vinci

A alegação de uma supressão tem o respaldo de alguns estudiosos que trabalham com os escritos cristãos "redescobertos". Toda esta discussão é um exemplo do que acontece quando não temos provas suficientes para algo e existem esforços para se preencherem as lacunas. Quase tudo parece plausível e pode se encaixar nos espaços vazios.

De certa forma, a afirmação sobre o cristianismo aqui é: "No começo, havia a história nova e completa da fé cristã que depois foi suprimida pela Igreja por séculos". Na raiz desta questão está um desejo de alguns estudiosos modernos de revisar toda nossa compreensão da Igreja e de sua história, algo que já percebemos quando vimos os chamados novos Evangelhos secretos.

Apresentar esta idéia nas palavras de quem advoga em favor dela parece ser o melhor meio de agirmos. Começaremos com uma professora de Harvard. Em *The Gospel of Mary of Magdala: Jesus and the First Woman Apostle*, de Karen King, ela apresenta o que chama de "história-mestra" do cristianismo. Uma "história-mestra" controla a história ou estabelece visões históricas definitivas de um determinado assunto. Aqui, a história-mestra é aquela apresentada pelos líderes da Igreja, os quais vimos em boa parte no capítulo anterior. A versão de King para a história-mestra inclui estes eventos (p. 159): (1) Jesus revela a doutrina pura aos apóstolos; (2) os apóstolos dividem o mundo entre si para espalharem o Evangelho; e (3) Satanás desafia a Igreja semeando a discórdia em seus campos férteis para criar uma grande confusão de doutrinas. Além disso, Constantino era o senhor do cristianismo e reuniu o Concílio de Nicéia para definir o ortodoxismo.

A avaliação da história-mestra de King é a seguinte:

> Embora a trama da história-mestra apresente um paradigma poderoso e atraente — apesar de problemático — para a fé religiosa, mostra má história. Em primeiro lugar, a história é incompleta e notavelmente tendenciosa. Os papéis das mulheres, por exemplo, são quase completamente ocultos. Na história-mestra, o homem Jesus seleciona discípulos homens que transmitem a tra-

dição a bispos homens. Mesmo assim, sabemos que nos primeiros séculos e ao longo da história do cristianismo as mulheres desempenharam funções de destaque como apóstolos, professoras, pregadoras e profetisas. Além disso, o emprego dos termos *ortodoxia* e *heresia* determinam imediatamente quem são vencedores e perdedores, mas na prática a heresia só pode ser vista como uma visão tardia, impondo normas de uma época posterior como padrão para uma época passada. Portanto, a lógica é circular: o Novo Testamento e o Credo de Nicéia definem o cristianismo ortodoxo, não apenas no século IV e além, mas anacronicamente também em séculos passados.

Uma conseqüência do triunfo da ortodoxia de Nicéia é o fato de que os pontos de vista de outros cristãos foram, em grande parte, perdidos, sobrevivendo apenas em documentos escritos. Até agora. A contribuição mais clara das descobertas recentes é trazer a riqueza das primeiras obras que ilustram o caráter pluralista do início do cristianismo e fazer ouvir opiniões alternativas. Foi descoberto um cristianismo muito mais diversificado do que jamais suspeitamos, já que a história oficial apresenta apenas dois tipos de cristianismo: o verdadeiro cristianismo (ortodoxo) e o falso cristianismo (herege). Sabemos que a situação real era mais complexa. Não contrastes gritantes, mas múltiplos níveis de intersecção e separação definem melhor a situação... E, assim como a história-mestra funcionou para autorizar uma teologia e

> práticas particulares do que mais tarde veio a se tornar o ortodoxismo, a invenção pelos estudiosos modernos do gnosticismo e do cristianismo judeu continua esse processo em nosso tempo (pp. 160-161).

Aqui está a perspectiva da "nova" escola, chamada de neognosticismo. Aqui, de forma mais acadêmica está o que Dan Brown pôs em seu romance. Descobertas recentes revelaram um universo totalmente novo. O que a citação não diz é que as visões nestes textos não são novas nem desconhecidas. Há séculos os líderes da Igreja apresentaram as visões de seus opositores com uma precisão notável. King alega que o gnosticismo é uma invenção moderna, ainda que os textos citados indiquem que a *gnose* já era uma força existente por trás destes textos. Ela está certa ao dizer que a situação nos primeiros séculos do cristianismo era mais complexa do que imaginamos, mas minimizar o conflito entre as escolas é ignorar muitos textos antigos.

Outro representante importante desta linha de estudo é Helmut Koester. De várias formas, ele é responsável por dar ímpeto a esta nova escola e treinar muitos dos que agora sustentam a nova visão. Também professor de Harvard, ele escreveu *Antigos Evangelhos Cristãos*, em 1990. O fato de o termo *gnóstico* não ser usado no título é digno de nota. No prefácio do livro, ele afirma que disputas entre estes grupos existiam no meio do século I, mas um termo como "ortodoxo" não deve ser usado durante os primeiros séculos. Koester afirma que elementos da teologia desses grupos rejeitados, que

Tertuliano dizia serem posteriores, não podem ser comprovadamente tão recentes. Koester diz:

> As primeiras tradições e escritos evangélicos contêm sementes tanto de heresia quanto de ortodoxismo. Para a descrição da história e do desenvolvimento da literatura evangélica dos primeiros períodos do cristianismo, os epítetos *herético* e *ortodoxo* não dizem nada. Apenas o preconceito dogmático pode admitir que os escritos canônicos têm origem apostólica exclusiva e, assim, prioridade histórica.

Um panorama fiel da nova escola e suas afirmações

Se estas alegações não estivessem em livros de acadêmicos, tenderíamos a chamá-las de mentiras baratas. Aqui, vemos as raízes de *O Código Da Vinci* e seu embasamento real e definitivo. A afirmação é de que o cristianismo necessita de uma nova história, já que a história antiga é ruim por ter suprimido os perdedores e negado-lhes o direito de falar. A injustiça merece uma correção. Temos de olhar as evidências a partir de uma nova perspectiva histórica para resgatar aqueles que não puderam falar ao longo dos séculos. A discussão de *O Código Da Vinci* sobre a suposta distorção histórica no início do cristianismo fez com que esta ficção tocasse uma ferida nos leitores cristãos. Com efeito, a Igreja antiga é chamada de mentirosa.

Estas alegações levantaram dúvidas em pessoas que não conhecem nada sobre o assunto, seja sobre a história, os Evangelhos, a história-mestra ou esta nova versão anunciada revista. E quem são os culpados pela mentira? Não são apenas os bispos do passado. Uma corrente completa de estudiosos modernos tem culpa por ter discutido estes textos em detalhes e ousado classificá-los como gnósticos, não-cristãos e/ou heréticos. A acusação desta nova escola de estudo é que a rotulação desses textos pela velha escola é uma invenção moderna sem valor. Tal rotulação é a arma moderna dos poderosos para manter os oprimidos em silêncio. *O Código Da Vinci* procura destruir a história-mestra apoiado em uma porção de estudiosos do passado e de hoje. A história-mestra está errada e precisa de uma revisão. O autor do romance pode trazer para seu lado o reforço de alguns estudiosos contemporâneos.

Porém, conforme já discutimos, as melhores provas sobre o início do cristianismo não vêm do século IV ou antes disso, mas das *pessoas na discussão da época*. Os textos dos séculos II e III foram escritos antes que Nicéia acontecesse. Não há uma argumentação recorrente aqui, mas apenas uma contenda por idéias antigas e atuais. Pessoas nos dois lados do debate preocuparam-se profundamente com estas idéias e discordaram delas. Alguns preocuparam-se tanto que ofereceram a vida em sacrifício por acreditarem estar guardando a verdade.

Nenhuma linha revisionista poderá negar que um debate verdadeiro sobre a natureza do cristianismo já acontecia nos séculos II e III, muito antes de Nicéia. Também não pode negar que, embora os quatro Evangelhos ainda não tivessem sido incluídos em um cânone, já estavam em primeiro lugar em termos de uso e influência, e todos tinham de trabalhar com estes livros.

Linhas de estudo como as de King e Koester foram vigorosamente combatidas. Martin Hengel, professor emérito de Novo Testamento e judaísmo antigo na Universidade de Tübingen, Alemanha, discorda da leitura de Koester sobre a história do início do cristianismo em seu livro *The Four Gospels and the One Gospel of Jesus Christ* (2000). Ele se opõe e rejeita a alegação de Koester de que os Evangelhos não-apostólicos existiam e em conjunto com os quatro Evangelhos. Hengel também rejeita a idéia de que os ortodoxos tomaram o nome *Evangelho* de obras gnósticas, como as de Marcion. Hengel mostra que obras gnósticas imitaram os Evangelhos ao alegar raízes apostólicas porque sustentaram o argumento de que possuíam um nível de "autoridade apostólica" (p. 59). Sobre isso, Hengel diz que "Koester põe palavras na boca deles" (p. 247, n. 247). Hengel chama as visões de Koester sobre a insignificância dos quatro Evangelhos no século II de "nada menos que conjecturas questionáveis" (p. 231, n. 144)

O trabalho de Hengel defende as raízes apostólicas da tradição do Evangelho e o estabelecimento precoce dos quatro Evangelhos. Também defende o fato de que superescrições (títulos atribuídos aos manuscritos dos quatro Evangelhos) ocorriam de tal forma que eram um fato no século II. Os Evangelhos não circulavam anonimamente nem eram intitulados como uma reação às obras gnósticas, como afirma Koester. Em uma reprovação à nova escola, Hengel afirma:

> Vamos deixar que aqueles que negam a era de ouro e, portanto, a originalidade dos Evangelhos, a fim de preservar sua "boa" consciência crítica, ofereçam uma explicação melhor sobre a unanimidade e aprovação precoce destes títulos, sua origem e nomes de seus autores. Tal explicação ainda não foi dada, e nunca será... A coleção de quatro Evangelhos não era resultado de uma tentativa de defender uma tradição apostólica de Jesus contra o ataque radical de Marcion. Era o contrário disso" (p. 55).

Parte desta discussão retoma pontos que já investigamos no Código 5, mas o enfoque agora volta-se não para a história do passado, mas para como algumas correntes modernas tentam reformular e distorcer esta história. Não devemos guardar a impressão de que a nova escola tem os fatos em seu favor. Esta conclusão é muito questionada e duvidosa.

Que uso devemos fazer das novas descobertas sobre o Evangelho?

Vamos para alguns outros pontos antes de reexaminarmos Maria Madalena. Nossa investigação tenta não se basear concretamente no Novo Testamento, já que o ponto de partida é a acusação de que ele foi moldado pelos vencedores. Tal acusação carrega a idéia de que os Evangelhos são uma evidência adulterada. Eu não concordo, mas tentei construir meus argumentos sem recorrer muito a eles. As tentativas de quebrar o código concentraram-se nas obras que provocaram as discussões nos dois lados da disputa nas gerações imediatamente seguintes à criação dos textos mais antigos. Desta forma, podemos ver os argumentos dos dois lados e ouvir ambos os lados do diálogo: o embate histórico entre estes dois grupos lutando para definir a natureza do cristianismo. Estas descobertas nos ajudaram a ter uma imagem melhor da complexidade do panorama do início da Igreja. Estes novos Evangelhos são descobertas importantes que nos oferecem um novo acesso a vozes que, sabíamos, há muito queriam ser ouvidas. É importante estudá-las para entendermos a história daquele período.

Em que ponto os escritos novos e os canônicos concordam?

Se estas novas descobertas exigem ou não uma reedição da história-mestra é uma questão completamente diferente. A única forma de reeditar a história-mestra é privilegiar os novos escritos e conceder a eles um *status* mais elevado do que aos textos anteriores. Ironicamente, o favorecimento dos escritos antigos é visto como uma espécie de crime moral. Se é crime favorecer os escritos antigos, também o seria favorecer os novos escritos. Em uma investigação, todas as evidências são válidas.

O meio para compreender a história é o debate. Os dois lados concordam em um ponto: ambas as visões não podem representar ao mesmo tempo as raízes da fé cristã. Ambas são muito diferentes. *Os quatro Evangelhos e estes outros textos não partilham da mesma fundamentação teológica.*

Vamos às alegações específicas de que estes textos referem-se a Maria Madalena e à natureza da primeira Igreja. O que eles podem dizer realmente sobre a liderança feminina no início da Igreja? É hora de olharmos para os detalhes do Código 6.

E sobre Maria e a liderança das mulheres?

Outra alegação do livro de King merece ser analisada por apresentar Maria como um exemplo entre as mulheres que tinham papel de destaque de liderança nos primórdios da Igreja. Já vimos no Código 1 que Maria Madalena era tida por esta escola como o primeiro apóstolo, o "apóstolo dos apóstolos". King diz assim:

> Os apóstolos foram considerados os guardiões do verdadeiro ensinamento da Igreja, e os bispos homens continuaram sendo seus únicos sucessores legítimos. Este modelo masculino de discipularidade também proporcionou (e continua proporcionando) um raciocínio lógico para a exclusão das mulheres dos papéis de liderança, ignorando a presença das mulheres discípulos no ministério de Jesus, na crucificação e como primeiras testemunhas da ressurreição (p. 167).

Depois, continua: "Para ser clara, sua (*O Evangelho de Maria*) posição sobre a liderança feminina é, sem dúvida, um fator para que fosse considerado heresia" (p. 171). Poderia o papel de Maria abalar a Igreja, como alega o romance de Brown, e levar a uma maciça reestruturação da história e pensamento cristãos, como afirma King? Quais são as provas sobre o papel das mulheres desde então? King afirma que muitas mulheres foram "apóstolos, professoras, pregadoras e profetisas", e que a história-mestra mostra sua maior tendência ao ocultar estes papéis. Esta afirmação tem fundamento histórico?

1. A afirmação das mulheres nos materiais bíblicos

As questões relacionadas a este assunto são mais complexas que os outros códigos que já examinamos. Como já disse, algumas alegações de *O Código Da Vinci* neste terreno têm mais mérito que outros pontos levantados no romance. O dever de um bom investigador é ir até onde as evidências o levam, não além disso.

As evidências nos mesmos documentos que teriam perpetrado a exclusão das mulheres indicam, na verdade, um grande respeito pelo papel da mulher, porém nada além disso, como advogam os partidários do novo código.

Por exemplo: pense no material bíblico escrito por Lucas, os livros Lucas e Atos (Lucas-Atos). Ann Graham Brock, autora de *Mary Magdalene, The First Apostle: The Struggle for Authority*, diz que Lucas-Atos concorda com Pedro em sua suposta guerra contra Maria e na ocultação de seu papel (pp. 70-71). Porém, o livro diz que as quatro filhas virgens de Filipe eram profetisas (Atos 21:9) e apresenta de forma positiva o papel de Ana como uma profetisa radiante de júbilo no nascimento de Jesus (Lucas 2:36-38). A alegação de Brock sobre uma supressão é exagerada quando discute o aparecimento de Jesus a Maria. Segundo Brock, Maria, como testemunha da ressurreição, é subestimada em Lucas-Atos em sua atribuição de comunicar os apóstolos sobre a ressurreição. Ela afirma que esta atribuição está em Mateus, Marcos e João, mas foi ocultada em Lucas.

Lucas apresenta uma Maria, entre várias outras mulheres, comunicando aos discípulos sobre o túmulo vazio e anunciando a ressurreição. Da mesma forma que fez em toda sua obra, Lucas não aponta um fato com uma declaração, mas descreve sua ocorrência dentro do curso da história. Em um cânone supostamente tendencioso a ocultar o papel das mulheres, seu papel aparece documentado. Se o cânone realmente tivesse a intenção de suprimir o papel das mulheres, então teria removido todos os relatos de que as mulheres foram as primeiras a saberem da ressurreição de Jesus, algo que nenhum dos quatro Evangelhos faz, porque primam por transmitir a história fielmente, mesmo quando ela parece ser contra os padrões culturais do século II. Estes textos confirmam a participação das mulheres, em especial quando comparados com o que examinamos nos Códigos 2 e 3 sobre a visão feminina no século I. A questão é a natureza da afirmação.

Nada pode confirmar mais isso que os relatos da ressurreição. A história dos quatro Evangelhos contrasta com a cultura da época, que não considerava as mulheres confiáveis o bastante para serem testemunhas. Todos os quatro Evangelhos insistem que Jesus apareceu primeiro a elas. Este detalhe, tão contraditório à cultura antiga, é uma prova fundamental de que as histórias sobre a ressurreição não foram inventadas por uma Igreja que queria atribuir a Jesus um *status* maior do que ele tinha. Se os cristãos tivessem apenas inventado as histórias sobre a aparição de Jesus e o túmulo vazio com a esperança de que elas convenceriam a todos, não teriam unanimemente colocado mulheres para carregar a responsabilidade da história. O fato de Jesus ter escolhido as mulheres como testemunhas do grande ato de Deus é uma confirmação de seu valor e mérito perante Deus.

Nossa investigação anterior sobre Maria e o papel das mulheres destaca quanto Jesus afirmava o direito das mulheres de serem discípulos, como na cena de Marta e Maria (Lucas 10:38-42), sem falarmos no papel de Maria Madalena, Suzana e Joana como companheiras de viagem e assistentes de Jesus e seus discípulos (Lucas 8:1-3).

Atos também retrata Priscila e seu marido, Áquila, ensinando melhor outro pregador do Evangelho, Appollos, sobre a fé (Atos 18:26). Portanto, as mulheres ensinavam, pregavam o Evangelho, eram profetisas, mesmo no material canônico. Segundo estes alegados textos de "supressão", também é provável que existissem diaconisas (1 Tim. 3:11). Tudo isso é importante, visto que a cultura da época reservava às mulheres um papel secundário.

2. Provas bíblicas de limitações do papel das mulheres

Devemos observar todas as limitações, já que qualquer evidência é importante. Jesus escolheu 12 apóstolos e nenhum deles era mulher. Este ponto talvez seja o mais importante em nossa atual discussão. Os 12 não foram uma invenção posterior da Igreja ou dos bispos para colocar a autoridade exclusivamente nas mãos de homens. Os textos que falam de 12 apóstolos antecedem os bispos em cerca de um século. Outro argumento em favor do papel histórico e da realidade de Jesus ter escolhido os 12 apóstolos é que seu traidor, Judas Iscariotes, estava entre eles. Se a Igreja tivesse inventado esse grupo de 12, teria colocado Judas entre eles, sugerindo que a seleção de Jesus foi equivocada? Se os líderes da Igreja tivessem inventado os 12, por que não nos teriam informado mais sobre eles, já que a maioria é conhecida apenas por nomes nestes materiais? A escolha dos 12 representa, em parte, o grupo principal de discípulos a quem Jesus atribuiu o dever de transmitir suas palavras.

Esta limitação também aparece em Atos 1:15-26, quando Judas, então morto, é substituído por Matias. A qualificação para o papel de apóstolo, em um sentido mais técnico, não exigia que o apóstolo fosse homem, estivesse com Jesus desde o princípio ou fosse testemunha da ressurreição. Os 12 formavam a base para uma difusão cuidadosa dos ensinamentos de Jesus, um exemplo de como a fé cristã era passada adiante. Em outras palavras, estes textos eram parte de uma reunião e difusão cuidadosas da tradição e antecedem Nicéia em 250 anos.

3. O que podemos dizer em geral sobre o papel das mulheres encontrado na Bíblia?

Jesus e aqueles à sua volta confirmam e elevam o papel das mulheres, especialmente com relação aos padrões antigos de cultura que as tratavam como cidadãos de segunda classe. Vimos provas de que a cultura atribuía às mulheres um *status* secundário em citações não politicamente corretas de textos judaicos.

Mas esta elevação do papel das mulheres não é aquela que alguns em nossa cultura alegam ou gostariam que fosse. Aqui, podemos acusar de anacronismo aqueles que desejam estabelecer um novo código. Aqueles que afirmam que Jesus era um feminista — ou "o primeiro feminista", como afirma *O Código Da Vinci* (p. 265) — tentam impor um padrão do século XXI às evidências do século I. O problema nesta observação não é que Jesus ignorava ou depreciava as mulheres. Ele não fazia isso. Apenas não fazia das mulheres uma causa, como o termo "feminista" sugere. Jesus estava valorizando todos os seres humanos, não apenas um gênero deles. Outros textos em 1 Coríntios e Epístolas Pastorais (1Cor. 11:2-16, 14:33-36; 1 Tim. 2:11-15) fazem outras limitações às mulheres com relação a ensinar e falar em serviços religiosos por motivos ainda discutidos por estudiosos. As Pastorais parecem limitar o papel de mensageiro aos homens. Para nosso propósito, não precisaremos nos deter nos detalhes destas discussões, mas simplesmente perceber a provável existência destas limitações. O que pode ser dito é que o papel das mulheres nos primórdios da Igreja era mais avançado que em outros segmentos dentro da cultura do século I.

4. E sobre a acusação de supressão pela Igreja?

Outro ponto sobre a supressão das mulheres e o rebaixamento de Maria Madalena merece a atenção do lado dos supostos supressores. A associação de Maria Madalena com prostituição, um suposto esforço para redefinir sua importância, não havia acontecido até o ano 591, com o papa Gregório, o Grande. Um quarto de milênio havia se passado desde Nicéia! Não apenas isso, mas a Igreja Ortodoxa nunca aceitou esta retratação de Maria. Se houvesse uma conspiração, o alegado esforço para rebaixar as mulheres teria levado muito tempo para vingar, e o ocorrido em Nicéia ainda estaria muito distante no tempo para ser vinculado a isso. Se houve uma conspiração, alguns não participaram dela. Uma explicação muito mais provável para a conclusão de Gregório, como já dissemos, foi a confusão feita por ele entre as duas Marias, que viu a consagração como um único evento. A probabilidade de alguma malícia aqui não é muito grande. Quando o papel destacado de Maria, mãe de Jesus, entra na discussão, fica claro que não houve uma ocultação total do papel das mulheres nos primórdios da Igreja, embora seja verdade que mulheres em papéis de liderança fossem uma fonte de controvérsia em alguns momentos no início da história da Igreja.

Alguns podem dizer que a conclusão afirmando que a Igreja, em seu início, aceitava as mulheres, mas de modo menos privilegiado que alguns hoje gostariam, ignora a evidência-chave. Esta evidência mostra uma abordagem mais aberta de alguns no início do cristianismo. Os outros textos indicam que este *status* é objeto de discussão. Vamos falar sobre esta questão.

E sobre Maria, o apóstolo para os apóstolos?

A descrição de Maria como "o apóstolo para os apóstolos" é importante. Em seu livro *Mary Magdalene, The First Apostle*, Ann Graham Brock diz que a frase dos primórdios da Igreja "o apóstolo para os apóstolos" deve ser traduzida como "apóstolo dos apóstolos" (p. 161, n. 2). Ela sugere que isso significa que Maria é o "primeiro" dos apóstolos porque recebe a revelação da ressurreição de Cristo primeiro. Isto é correto? Será que esta frase carrega toda essa importância?

1. Maria, o apóstolo, na Igreja de Hipólito

Na verdade, como dito no Código 1, a frase "apóstolo dos apóstolos" não vem de Hipólito (ca. 170-236). Ela aparece muito mais tarde, no século X. Hipólito descreveu, sim, Maria como uma mulher apóstolo. E fez isso na condição de um líder da Igreja que estava entre os defensores de visões ortodoxas, isto é, os supostos supressores! Porém, fez isso associando Maria a um conjunto de mulheres que viu Jesus ressurreto.

Mais de um século antes de Nicéia, ele descreveu os eventos que fizeram de Maria uma das mulheres apóstolos. Veja novamente o texto: "Para que as mulheres apóstolos não duvidassem dos anjos, Cristo apareceu para elas para que fossem os apóstolos de Cristo e por meio de sua obediência corrigissem o pecado de Eva... Cristo apareceu para os apóstolos (homens) e disse a eles: ... 'Sou eu quem apareceu para estas mulheres e sou eu quem quis enviá-las a vocês como apóstolos'". Ela recebe este título e qualificação porque viu o Senhor e ele atribuiu a ela a missão de comunicar aos discípulos sua ressurreição. Este é o fato que os Evangelhos nos contam.

Lembre-se também que Maria não está sozinha nesta tarefa. Ela fazia parte do grupo de mulheres que recebeu esta honra. Portanto, olhar Maria individualmente neste momento é uma imposição desta passagem. Ela era "um apóstolo entre os apóstolos", mas uma entre algumas "mulheres apóstolos" para Hipólito.

O termo *apóstolo* tinha vários sentidos nos primórdios da Igreja. Em um deles, referia-se a um papel formal de liderança importante dentro da Igreja, como aquele que possuíam os 12 apóstolos e como o que Paulo e Barnabé receberam (Atos 14:14; Rom. 1:1). Em outra leitura, tinha o sentido mais amplo de "um designado por outro", uma pessoa enviada para representar outra. Este termo pode aplicar-se a alguém que erigiu igrejas, incumbiu-se de propagar o Evangelho em novas terras, bem como alguém designado a pregar e representar Jesus e sua mensagem ou a algum outro papel de liderança não específico, mas designado. Todos os seguidores tinham o dever de pregar e partilhar Jesus, mas os apóstolos viam o papel representado pela Igreja pelo que estava sendo feito. De qualquer forma, a referência a Junia em Romanos 16:7 é feita neste segundo sentido. (Alguns discutem se Junia era homem ou mulher. A última opção é a mais provável. Se fosse mulher, então era um apóstolo, mas no sentido em que Paulo, nesta passagem em Romanos, cumprimentava vários operários da Igreja. Na verdade, ela provavelmente ajudou a liderar a Igreja em um papel não-especificado, mas de modo chamado de notável.) Tais apóstolos estavam comprometidos com a séria missão de partilhar o Evangelho e criar novas legiões de seguidores, mas não sabemos se seu ministério concentrava-se em mulheres ou se tinha um caráter mais amplo. Não é provável que Junia tenha visto Jesus ressurreto; portanto, qualquer que tenha sido seu papel, parece ter sido distinto daquele de Maria e de outras que viram o Senhor. Pode ser que a experiência de ter visto Jesus ressurreto ou de ter recebido a anunciação do túmulo vazio, tenha dado a Maria e àquelas que ali estavam uma atribuição especial ou um vínculo apostólico ligado à confirmação de que Jesus Cristo estava vivo e tinha realmente ressuscitado dos mortos por Deus. Na realidade, Jesus as enviou para proclamar uma mensagem muito especial que elas haviam presenciado.

Este esclarecimento sobre o termo "apóstolo" revela que Hipólito confirma o papel das mulheres como apóstolos. Ele embasou este papel nos ensinamentos de Jesus e na cena da ressurreição. Porém, após a aparição de Jesus, Maria ocupava um lugar central no Evangelho por anunciar a realidade da ressurreição. Todos os cristãos, homens ou mulheres, foram chamados a conhecer o Evangelho e testemunhar sobre esta realidade, mas ela tinha sido uma das poucas a presenciar a cena de maneira direta. Em outras palavras, ela foi a "enviada" das "enviadas". Minha ênfase não tem a intenção de atribuir-lhe um posto maior que o de outras que proclamaram a ressurreição ou de dar-lhe um papel oficial na Igreja, mas tem a intenção de confirmar que as mulheres também tinham o direito de declarar o que Deus havia feito por meio de Jesus. Neste sentido menos técnico, Maria foi "o apóstolo para os apóstolos". Fez o papel de mensageiro de um elemento central da mensagem, a ressurreição.

2. Maria no *Evangelho de Maria*

Resta-nos ainda mais um texto, considerado anteriormente. No *Evangelho de Maria*, Pedro desafia Maria e parece ter ciúme pelo fato de ela ter recebido a revelação de Jesus ressurreto. Será que isso quer dizer que homens e mulheres se rivalizavam no início da Igreja e mostra evidências de que alguns queriam colocar Pedro abaixo de Maria?

No texto, Maria recebe a revelação de Jesus após a ressurreição, sem o conhecimento de Pedro e dos outros. Ela transmitiu esta revelação a eles. O conteúdo desta revelação, *Evangelho de Maria* 9, não era meramente a mensagem de que Jesus havia ressuscitado, mas o ensinamento sobre a ascensão do espírito. Pedro não acreditou ter sido preterido, enquanto Maria se sentiu magoada com a reação de Pedro. Levi aparece e reprova a reação irritada de Pedro. O Evangelho termina de forma harmoniosa com Levi e os outros anunciando a boa nova (existem dois manuscritos deste Evangelho; um termina com Levi pregando e a outra versão diz "eles saíram ensinando e pregando").

Já vimos que estes textos extrabíblicos são mais simbólicos que históricos. Karen King diz sobre o *Evangelho de Filipe* e a famosa passagem sobre o beijo: "O Evangelho de Filipe mais uma vez oferece imagens literais — beijo e ciúme — para serem interpretadas de forma espiritual" (p. 146). Concordo com esta análise e a estendo ao *Evangelho de Maria*, já que isso é característico destes textos de mistério. O conflito narrado entre Pedro e Maria retrata o conflito nos primórdios da Igreja. Pedro, que representa as forças ortodoxas, recusa-se a aceitar que Deus trabalhe com outro grupo que não o dele (ou seja, aqueles que aceitam o conhecimento secreto). Maria, em seu papel de mulher e "derrotada", representa aqueles que aceitam o conhecimento secreto. Na verdade, esta descrição pode reconhecer que o grupo gnóstico era minoria e carecia de poder de persuasão. A alegação é de que ela recebeu a revelação de Deus, e Pedro (leia-se ortodoxia) não podia acreditar nisso. O Evangelho termina com a afirmação de Maria e a reprovação de Pedro.

O que é importante entendermos sobre esta leitura do Evangelho de Maria é que a história não é sobre Pedro e Maria ou o papel de homens e mulheres. Eles simbolizam a disputa pela revelação. Esta leitura confirma nossa quebra anterior do código sobre os Evangelhos secretos. Confirma que a verdadeira briga era sobre quem recebeu a revelação de Deus e quem poderia falar em nome do cristianismo. Os leitores modernos, ávidos por um novo código ou uma nova história, inverteram este simbolismo e transformaram o texto em uma guerra dos sexos.

O que podemos dizer sobre Maria Madalena e o papel dos sexos nos primórdios da Igreja?

A história do início da Igreja nos mostra que as mulheres foram elevadas a uma nova e significativa posição por Jesus e seus seguidores. Esta elevação, porém, pode não atingir os padrões modernos de alguns, embora haja um esforço para reinventar as evidências, a fim de fazê-las dizer mais do que dizem. Maria Madalena e outras mulheres foram discípulos importantes e privilegiados por serem as primeiras a verem e ouvirem Jesus ressurreto, embora nenhuma evidência, mesmo nos textos que alguns querem enfatizar, indique um conflito entre gêneros ou uma supressão relacionada aos sexos. O conflito entre Pedro e Maria retratado nestes textos não estava relacionado à diferença de sexos, mas ao acesso à revelação entre grupos distintos. Naquele tempo, os defensores da revelação secreta viam-se na figura da mulher ofendida (Maria Madalena) sofrendo nas mãos de um homem furioso (Pedro). A idéia de que questões de gênero estavam presentes nesta passagem é má interpretação e imaginação demais sobre estes textos. Não havia conspiração alguma contra as mulheres por parte dos bispos. Era apenas uma disputa sobre o significado do cristianismo. Uma discussão sobre se fontes de escritos antigos ou o conteúdo revelador mais recente ajudavam as pessoas a identificar e definir a fé.

Não sou católico nem estou procurando defender a Igreja romana ou a primazia de Pedro. Escrevo como uma pessoa que dedicou a vida ao estudo do Novo Testamento e sobre o início da Igreja. Nossa investigação buscou apresentar as evidências e testemunhas-chave para analisarmos quanto fundamento existe nas alegações e fatos citados em *O Código Da Vinci*. O que está em discussão é sua adequabilidade histórica e o entendimento cultural da fé cristã.

Já estamos quase no final. Nossa investigação nos levou a textos antigos. Agora, precisamos ordená-los para analisar os debates modernos. Quebramos o Código 6. Maria Madalena está confirmada em seu papel de testemunha da ressurreição, embora não tenha recebido nenhuma honraria da Igreja por isso.

No meio de nossa investigação sobre o papel de Maria, descobrimos algo ainda mais interessante com relação à nossa discussão sobre o cristianismo e sua cultura. Mostramos o que existe por trás de *O Código Da Vinci* e o código "secreto" dos escritos gnósticos aos quais se refere um megacódigo. *O Códi-*

go Da Vinci não é uma mera obra de ficção disfarçada de quase realidade. O livro reflete um esforço para representar e, em alguns casos, reescrever a história, com o uso seletivo de evidências antigas que ironicamente apontam para um desmentido da história antiga. Reflete ainda o esforço para redefinir uma das forças culturais mais importantes nas bases da civilização ocidental: a fé cristã. O livro alega expor como fato algo que realmente não está ali. Embora haja alguns pontos a serem considerados neste estudo, a maior parte do que está na base deste megacódigo carece de fundamentação histórica. Ao quebrar *O Código Da Vinci*, descobrimos que há muito mais acontecendo aqui do que a simples criação de um romance de ficção. Existe uma revisão do que foi e é o cristianismo. Trata-se de uma realidade virtual.

Temos ainda dois códigos para examinar. Um é levantado pelo romance, outro é um novo olhar sobre os temas aos quais se dirige a história. Considerando o que já descobrimos até agora, será que o Santo Graal e o Priorado de Sião ainda nos reservam alguma coisa? Que importância tem *O Código Da Vinci*? Chegamos ao Código 7, nosso código-resumo, no qual iremos rever o que nos mostrou nossa investigação e perguntaremos: Para onde vamos a partir disso?

Código 7

Que relevância nos resta de *O Código Da Vinci*?

As alegações sobre um "grande acobertamento" em *O Código Da Vinci*

O Código Da Vinci usa as palavras de Teabing para oferecer uma avaliação sobre o que chama de Grande Acobertamento (p. 270): "Leonardo não foi o único que andou tentando dizer ao mundo a verdade sobre o Santo Graal. A linhagem real de Jesus Cristo vem sendo alardeada em detalhes exaustivos por muitos historiadores". Depois desta citação no romance, aparece em primeiro lugar na lista de obras históricas, *O Santo Graal e a Linhagem Sagrada.* Esta obra, como já vimos no início de nossa jornada, é descrita pelo romance como "o livro mais conhecido" e um "*best-seller* internacional". Embora diga que o livro e seus três autores "foram um tanto quanto entusiasmados demais", Teabing conclui sua avaliação dizendo: "A premissa fundamental é perfeita e... finalmente conseguiram divulgar a idéia da linhagem real de Cristo". Ele continua: "O Vaticano já tentava guardar este segredo desde o século IV... A Igreja, para se defender contra o poder de Madalena, perpetuou sua imagem como prostituta e ocultou as provas do casamento de Cristo com ela, neutralizando assim quaisquer declarações potenciais que se viessem a fazer de que Cristo tinha descendentes e era um profeta mortal". Ao final da discussão, Langdon diz que as evidências históricas sobre isso são "substanciais".

As alegações fundamentais de *O Código Da Vinci* são vagas

Já examinamos estas alegações e vimos que são historicamente vagas em todos os aspectos. Maria Madalena não foi casada com Jesus. Jesus não foi casado com ninguém. Também não teve filhos. Jesus foi solteiro de uma forma que os judeus de seu tempo podiam respeitar. Jesus, como um judeu religioso, podia ser solteiro.

Os Evangelhos secretos não nos contam muito de novo sobre os séculos seguintes à morte de Cristo, apenas deixam claro que contêm uma teologia distinta da dos livros bíblicos, mostram que os líderes da Igreja que descreveram sua visão o fizeram precisamente e nos fazem saber que eles apresentaram suas visões com as próprias palavras. Os Evangelhos secretos mencionados no romance são parte da disputa entre as várias facções cristãs sobre quem responde melhor por Jesus e pelo cristianismo. Estes Evangelhos, escritos depois dos quatro Evangelhos do Novo Testamento, alegam acesso à revelação de Deus independentemente dos escritos que muitos na Igreja vêem como autoridade e reflexo das tradições mais históricas da Igreja. A existência destas opiniões divergentes impulsionaram o reconhecimento formal do cânone, processo terminado apenas no século IV.

A deidade de Jesus não foi inventada por uma reunião no século IV. Está baseada nos ensinamentos dos quatro Evangelhos e em outros livros do Novo Testamento. Os quatro

Evangelhos canônicos estão baseados na tradição apostólica e já estavam firmemente estabelecidos como os textos definidores da Igreja cristã ao final do século II, ou mesmo antes disso.

Maria Madalena não foi prostituta, e esta descrição sobre ela também não foi um ato de difamação de sua imagem. Maria foi confirmada em seu papel como testemunha da ressurreição, um papel que fez dela um dos primeiros apóstolos a anunciar a ressurreição aos outros 12 apóstolos. Nesse sentido, ela foi o "apóstolo para os apóstolos". As disputas nos primeiros séculos do cristianismo não foram sobre gêneros ou o papel de homens e mulheres, mas sobre teologias, em especial sobre as visões de Deus, Jesus, a salvação, a espiritualidade e a revelação. A fundamentação histórica de quase tudo o que *O Código Da Vinci* alega não é substancial.

Por tudo isso, *O Código Da Vinci* falha ao afirmar ser estruturado sobre fatos da história. Se a fundamentação da argumentação de que Jesus foi casado e teve descendentes é tão simplória, então tudo o que se diz a partir disso torna-se irrelevante. Todas as teorias relacionadas ao Priorado de Sião, aos Templários, à Opus Dei e à linhagem merovíngea ligada à descendência de Jesus vão por água abaixo. Não existem boas razões históricas para discutirmos estes grupos relacionados às teorias do livro sobre Jesus, uma vez que sua fundamentação é tão vaga. Todos estes grupos são reais, e suas histórias são fascinantes, mas eles não têm nenhuma relação com uma linhagem de Jesus. (A título de informação sobre estes grupos em termos gerais, ofereço uma pequena introdução sobre cada um deles no glossário. Para maiores detalhes, procure em obras de historiadores medievais e modernos, dependendo de cada grupo). Ao menos de uma coisa nosso estudo está absolutamente certo: quem quer que tenha sido Maria Madalena, ela não é o cálice sagrado com uma linhagem de descendentes reais de Jesus.

O que podemos dizer sobre o que nos resta de *O Código Da Vinci*?

Restam duas alegações históricas do romance: (1) As mulheres foram elevadas pelo que Jesus ensinou (embora não tanto quanto alguns gostariam). (2) Maria Madalena não foi uma prostituta. Esta outra fundamentação histórica do romance foi erguida sobre areia. Os pontos não se conectam historicamente. A quebra do Código 7, o código-resumo, é mostrar que não existe base para as teorias sobre o Santo Graal ser Maria Madalena, sobre uma linhagem merovíngea ligada a Jesus, um Priorado de Sião que tenha motivos para ter existido ou qualquer acobertamento envolvendo a Opus Dei. O que quer que sejam ou tenham sido estes grupos, eles não podem ser envolvidos em uma história que não tem nada a ver com descendentes de Jesus. Ficção é ficção, e os leitores devem apreciá-la como tal.

O que podemos dizer sobre o código por trás de *O Código Da Vinci* e a nova escola que o impulsiona?

Conforme examinamos algumas das idéias e textos apresentados em *O Código Da Vinci*, chegamos a uma nova perspectiva de discussão à qual o romance alude e romantiza. *O Santo Graal e a Linhagem Sagrada* também apela para estas obras. Estas idéias são baseadas em abordagens acadêmicas do início da história do cristianismo até o século IV. Nossa investigação levantou a maioria dos estudos relevantes na discussão de temas como os Evangelhos secretos e Maria Madalena. Estes estudos são provenientes das instituições mais prestigiadas dos Estados Unidos e geraram grande interesse público na TV e em publicações. Os estudos menos recentes datam de 2003 e refletem o trabalho que vem sendo feito há pelo menos 50 anos. Alguns pontos abordados por estes estudos aumentaram nossa apreciação sobre a complexidade e diversidade do movimento cristão do século II ao século IV. Estes trabalhos não são tão negligentes ou apelativos como *O Código Da Vinci*, e por isso são mais importantes. Também buscam uma reformulação do entendimento cristão, envolvendo estudos sérios sobre textos antigos significativos.

Tal estudo não está imune a uma avaliação crítica. No processo de análise de *O Código Da Vinci*, tivemos razões para considerar aspectos deste estudo sobre as raízes da fé cristã. Tratamos de seu fundamento racional, intenção e plausibilidade. Levantamos as principais questões sobre esta nova escola que pede por uma nova história sobre a fé cristã. Embora muito bem maquiada, muitos pontos defendidos por estas obras são vagos.

De certa forma, esta é uma descoberta mais importante que a avaliação crítica de um *best-seller* que fantasiou sobre estas idéias mais acadêmicas e romantizou-as. Crenças populares e culturais surgem a partir do que a cultura adota como estudo confiável, e as alegações de *O Código Da Vinci* são um ótimo exemplo deste fenômeno. Parte do objetivo de nossa investigação foi examinar *O Código Da Vinci* (a expressão popular) e tornar claro o que realmente sustenta suas passagens mais importantes (os estudos acadêmicos).

Por que quebrar *O Código Da Vinci*?

Esta breve análise do tratamento de *O Código Da Vinci* sobre as raízes e a história do cristianismo, embora ficcional e de entretenimento, não trata devidamente a complexidade do tema. Porém, pode esclarecer o resumo dos debates passados e presentes. Nossa investigação foi um exercício de apreciação histórica. É por isso que muitos textos antigos pontilharam nossa jornada como as placas de uma estrada para o destino correto.

Este trabalho também procurou dar um sentido sobre o porquê da importância destas discussões. Conhecer a história e os fatores complexos que a moldaram é importante para entendermos quem é Deus, que pessoas acreditavam, por que acreditavam e por que as instituições como a Igreja são estruturadas da forma que são. Identificar o que não faz parte desta história é um exercício válido. Algumas vezes, dizem que tais discussões sobre questões religiosas são uma "questão de fé" ou que "as pessoas têm opiniões diferentes" sobre estes assuntos. Porém, ao tratarmos de fé e ao chegarmos a conclusões, é essencial ter os fatos alinhados o mais claramente possível e da melhor forma que pudermos reuni-los. A fé cristã sempre firmou suas bases dizendo haver eventos históricos autênticos ligados a seus ensinamentos. Insinuações, como as do romance, de que tais idéias são invenções de partidários três séculos após o fato não são detalhes menores, mas afirmações centrais sobre o que o cristianismo foi e é. Entender a natureza deste debate e os fatores que o alimentam é importante. Entender quem fomos e por que nos ajuda a compreender quem somos e, talvez, quem seremos.

Nosso estudo buscou levantar questões significativas sobre toda uma corrente-estudo que agora está em moda na TV e nas bancas e livrarias. Levantamos questões importantes sobre a seriedade de muitas de suas maiores alegações, mesmo que estas idéias tenham saído de algumas de nossas principais fontes de conhecimento. Para conscientizar as pessoas do que está acontecendo dentro dos estudos do cristianismo nos colocamos em uma posição mais confortável para avaliar o que está sendo dito. Nossa investigação não se refere à revelação, está apenas preocupada em levantar questões e suscitar debates. Não existem motivos para que os debates nas torres de marfim permaneçam restritos.

A importância deste tema mal pode ser exagerada. Espero que a jornada tenha valido a pena. Talvez a discussão sobre as raízes da fé possa continuar com uma nova consciência sobre onde estas correntes foram ou estão sendo geradas. Por trás da discussão em torno de obras como *O Código Da Vinci*, não está apenas a solução de um crime misterioso ou de uma teoria de conspiração, mas a busca por questões básicas de caráter religioso e o desejo que está no centro do autoconhecimento e, mais importante, da relação com Deus.

Esta questão nos deixa mais um código para discutir. É o que examina a figura que está sempre no centro desta controvérsia. Seu legado esteve no centro da discussão e debate em *O Código Da Vinci*. Uma outra questão que nos resta é: quem foi (e é) Jesus e o que Maria Madalena pode nos dizer sobre ele?

Código 8

O verdadeiro código de Jesus

Examinando o Código da Vida

Em muitos pontos, nossa investigação e análise estão completas. Mas a vida vai muito além de analisar os fatos. Diferentemente do Sargento Friday em *Dragnet*, devemos reconhecer que há mais nas questões centrais da vida do que "apenas fatos, madame". Ao lidarmos com este último código, quero dizer algo pessoal sobre o porquê de estas questões valerem o tempo e o esforço que dedicamos a elas, seja como investigadores ou como alguém que empenhou seu tempo seguindo a investigação. Há um momento muito importante, em que Jesus e Maria Madalena se encontram, que aponta para questões da vida e a relação com Deus. Para considerarmos o código final, o verdadeiro código de Jesus, convido você a conhecer rapidamente minha jornada.

Não existe um mistério maior que a própria vida. Um dos dias mais memoráveis da minha vida foi quando nasceu meu primeiro filho. Logo após o nascimento, eu estava segurando um novo ser humano, menor que meus próprios braços. Respirando sozinho pela primeira vez, vivo e independente. Eu estava impressionado com tudo aquilo ao redor de uma vida. É maravilhoso como tudo tem de se encaixar e trabalhar junto para produzir uma vida, uma alma sagrada.

Viver não é coisa simples, como também não o são as escolhas na vida. Apesar de simples, a vida é cheia de mistérios. Não sabemos quanto tempo viveremos nem para onde a vida vai nos levar. Para os mais velhos, é um grande mistério olhar para trás e ver o que fez a vida tomar esta ou aquela direção. Muitos eventos transformadores não podem ser controlados nem compreendidos por nós.

Lembro-me da primeira vez em que pensei seriamente sobre a vida e seus mistérios. Foi quando minha mãe foi vítima de um câncer. Eu a vi morrendo lentamente durante seis anos, até chegar ao fim, quando eu tinha 14 anos. Aquilo era um mistério para mim. Era um código a ser quebrado. A vida era um tesouro que escondia um segredo em si. Se o surgimento de uma nova vida é uma coisa tão estimulante, a morte é na mesma intensidade algo chocante.

O código divino de Jesus

O que tudo isso tem a ver com um livro de ficção e suas histórias questionáveis? A resposta é simples: muito! Maria Madalena foi testemunha da solução do maior mistério de todos os tempos. Testemunhou a ressurreição de Jesus. Testemunhou a vida de Jesus. Ao refletir sobre o início da vida de Jesus, os cristãos declaram que ele era o único, o prometido nascido para Maria e José pelo poder do Espírito Santo (Mateus e Lucas). Era aquele sobre quem João Batista pregou, aquele que abre os caminhos para Deus (Marcos), o enviado de Deus (João). Nas muitas formas em que os quatro Evangelhos apresentam a história de Jesus e nos muitos enfoques diferentes, existe um ponto-chave em comum: Jesus revela e está no centro do que Deus fez e faz pela humanidade. No centro desta história está a morte de Jesus e finalmente sua ressurreição. A ressurreição, que descreve o ressurgimento da vida depois da morte, é o verdadeiro código que devemos entender. Ao refletir sobre a ressurreição, os cristãos dizem que Deus fez uma declaração aberta sobre quem era Jesus, sobre onde está a vida e para onde vai.

Quando investigamos a vida de Maria Madalena, verificamos o quão seria historicamente contraditório que a Igreja inventasse que as mulheres foram as primeiras a verem Jesus. Culturalmente, no século I, elas não teriam nenhuma credibilidade como testemunhas. Em outras palavras, aquele evento único gerou o testemunho. Aquele evento único só poderia dar-se com uma pessoa única. Então esta observação nos leva a uma pergunta: o que significa a ressurreição de Jesus?

Resumindo, a ressurreição de Jesus é o choque entre a vida e a morte, e a vida vence! Mas esta não é uma batalha metafórica entre a vida e a morte ou uma descrição da vida e morte de todos. É o poder de Deus operando para renovar a vida naquele que morreu, mas falou em nome de Deus, de si mesmo e da vida. Jesus ensinou que o reino de Deus vinha com ele e por meio dele. Este reino envolve, em parte, a presença e a ordem de Deus para que se traga ordem à vida de forma que ela se torne o que é e seja o que tem de ser. Jesus dizia ser o *Filho*; ele deveria retornar ao *Pai* para que Deus enviasse o *Espírito* àqueles que abraçavam as palavras de Jesus. Uma leitura de João 14-16 explica esta promessa. Jesus chamava o ensinamento sobre esse reino de mistério, não no sentido de um segredo para iniciados, já que pregava esta mensagem abertamente pelas ruas. Ele sempre pregava dizendo: "Que os que têm ouvidos para ouvir, ouçam". O mistério é para os que ouviam. É um segredo perdido para aqueles que não ouvirão.

Jesus também disse: "Vim para que tivessem a vida e a tivessem em abundância" (João 10:10). Em tudo isso, Jesus estava trazendo a solução do mistério da vida, da vida vivida conscientemente na presença de Deus. Isto não significa uma resposta para todas as perguntas sobre o porquê de tudo acontecer. Nem significa que a vida não tenha seus problemas ou seja menos misteriosa. Significa que a vida começa a fazer sentido porque Jesus nos deu o entendimento do que a vida verdadeira é.

Parte da solução deste mistério envolve o entendimento de quem somos sem Deus e por que precisamos dele. Os teólogos usam a palavra pecado para descrever nossos problemas. Mas esta não é uma palavra popular em nossa cultura. Sempre digo que para entender o que é o pecado basta ler os jornais. A maioria de nós, se formos honestos, reconhece que muitas vezes agimos de forma autodestrutiva ou prejudicial a outros. Pecar não significa apontar o dedo para os outros, mas tem a ver com o entendimento de quem somos e do que podemos fazer quando estamos distantes do Deus vivo e Criador. Não há verdade maior e tão ignorada do que a de que o pecado está vigorosamente vivo em nosso mundo e não temos força para brigar contra ele.

Esta discussão não é sobre vergonha, culpa ou uma busca do que os pessimistas chamariam de muleta. É sobre o mundo real em que as pessoas causam terríveis danos a si mesmas e ao próximo. Não é um mundo de realidade virtual que finge que tudo está certinho. É um mundo real que humildemente nos lembra o fato de que, deixados à nossa própria vontade e independência, agimos de forma destrutiva. Nossa cultura, que eleva a independência em um nível sagrado, não gosta de olhar a própria imagem neste espelho. Ninguém se sente confortável ao encarar esta horrível realidade da vida.

Jesus sentia-se confortável ao lidar com este assunto e ao nos chamar para os cuidados de Deus por meio da obra que este realizava por meio dele. Sentia-se confortável ao nos lembrar de nossa responsabilidade, como seres criados por Deus, de amar a Deus completamente e, como conseqüência, amar ao próximo como a nós mesmos. Amando-nos desta forma e nos dizendo estas coisas Jesus era sincero ao dizer que devemos buscar o perdão divino. Esse é um dos motivos por que dizia: "O tempo está cumprido e o reino de Deus está próximo. Arrependei-vos e crede no Evangelho" (isto é, a boa-nova) (Marcos 1:15).

Jesus não apenas pregava sobre Deus, mas também fazia sua vida de acordo com suas palavras. Na famosa cena da ceia, retratada por Da Vinci no quadro *A Última Ceia*, Jesus disse sobre sua missão: "Isto é meu corpo que é dado por vós... Este cálice é o novo testamento no meu sangue, que é derramado por vós" (Lucas 22:19-20). Jesus teve de morrer para que pudéssemos entender o mistério da vida e viver diante de Deus da forma como o Criador planejou. Veio para nos mostrar o quanto Deus levou a sério o pecado e a restauração da vida.

Jesus veio também para mostrar que Deus nos amou tanto que deu uma vida preciosa à morte para que pudéssemos experimentar a vida. Então Deus deu àquela vida uma nova existência para mostrar que a vida é mais do que simplesmente existir sobre a Terra. Deus ofereceu uma união infinita com Ele por meio do enviado, o único filho de Deus. Esta é a mensagem do testemunho apostólico encontrada no Novo Testamento.

Deus levou o pecado tão a sério que ofereceu aquele que amava e o enviou para expiar os pecados por nós a fim de nos mostrar o caminho para a vida. Quando Deus ressuscitou Jesus, disse "Amém" àquela missão, àquela mensagem e à pessoa que Jesus dizia ser. A morte e a ressurreição de Jesus dizem que por meio dele Deus oferece o caminho para a vida. Isso inclui o entendimento de que o pecado é uma mácula em nossas vidas. Também compreendemos que, se pudermos ver o caminho para a verdadeira vida, Deus é quem vai mostrá-lo a nós. A saída do mistério das trevas que dificultam a vida quando estamos distantes de Deus é tomar o rumo que ele nos mostrou por intermédio do grande quebrador de códigos, Jesus. A saída também exige o reconhecimento de nossa necessidade por Deus e Sua misericórdia. Somos criados para depender de Deus. A saída é reconhecer o que Deus disse sobre nós pela mensagem da obra de Jesus, isto é, pelo oferecimento de misericórdia e vida que Jesus nos fez com seu próprio sacrifício e morte.

A Igreja chama este reconhecimento de fé. É a fé em Jesus, o Salvador. É uma fé que salva porque envolve a vida, como Deus quer que ela seja. Esta fé vê a vida como um presente precioso que Deus nos oferece pelo modo como Jesus agiu. A fé em Deus por meio de Jesus é a mensagem mais importante que a Igreja ensina porque é a boa-nova do caminho para a vida. Tal fé compreende o que somos e quanto somos fracos longes de Deus. Tal fé reconhece nossa necessidade de conhecê-lo e o poder da vida que vem pelo reconhecimento de que a morte e a ressurreição de Jesus nos falam sobre Deus, sobre nós e sobre a vida. Tal fé admite não apenas o pecado, mas também a necessidade de misericórdia e vida. Esta fé transforma a vida em um ato de gratidão pela oportunidade da aliança com Deus. Esta fé sabe que a aceitação de nós por Deus está baseada em seu próprio ato de amor e sacrifício. Tal fé está aberta à liderança, à direção e à instrução de Deus que chega até nós por meio de Jesus e da mensagem que ele nos passou. Aqueles mais próximos de Jesus nos contaram a história dele. É por isso que para entender o grande quebrador de códigos e seu código verdadeiro precisamos ler suas histórias, já que a história deles é a nossa.

O que Maria Madalena nos diz

Onde Maria Madalena entra nesta história? Como sua história é a nossa?

Em uma triste manhã, Maria Madalena e um grupo de mulheres foram a um túmulo para consagrar o que julgavam ser os restos mortais daquele que traria a elas a salvação. Não tinham idéia de que o túmulo estaria vazio. Imagine o que ela sentiu tendo contrariadas suas esperanças de que talvez Jesus fosse o enviado de Deus que viria para salvá-las. Posso imaginá-la pensando nos momentos em que esteve com Jesus, no exorcismo que ele lhe concedeu expulsando seus demônios ou ainda nos momentos em que se sentou aos seus pés para ouvir seus ensinamentos sobre Deus e a vontade divina. Talvez estivesse pensando sobre o que vira havia alguns dias: Jesus pendurado em uma cruz, ainda pedindo o perdão para os que o crucificavam. Ninguém saberá o que ela pensou enquanto seguia com suas amigas para consagrar o que esperava ser um cadáver. Mas certamente seus pensamentos estavam naquele a quem seguiu.

Seja lá o que estivesse pensando, tudo em seu universo mudou quando ela chegou ao túmulo. Ela teve a maior surpresa de sua vida, que também era a surpresa da vida. O túmulo não tinha cadáver algum. Jesus estava vivo. Deus elevou Jesus a uma nova vida para mostrar o caminho para a vida. Jesus, o verdadeiro Jesus ressurreto, mostrou-se como o quebrador de códigos. Do mistério da morte surgiu a vida porque Deus quebrou o código por meio de Jesus.

Maria Madalena não foi esposa de Jesus. Era o discípulo de Jesus que mostrou o caminho. Quebrar *O Código Da Vinci* é perguntar quem Jesus realmente foi e é. Quebrar este segundo e mais importante código leva à aliança e à vida com Deus por meio de Jesus. Como testemunha da ressurreição e uma das primeiras a vir e entender o que Deus havia realizado por meio de Jesus, Maria Madalena nos é muito mais importante como discípulo do que como esposa de Jesus. A partir da morte pelo pecado, surge a oportunidade de uma vida nova e ressurgida com Deus. Deus diz: "Acredite nele. Confie na obra que ele fez e fará por você". O que está à frente de tal compromisso de fé é uma vida nova e eterna de aliança com Deus vivida por meio de sua misericórdia e dádiva espiritual. Este é o verdadeiro código de Jesus. É algo em que vale a pena acreditar.

GLOSSÁRIO

Este glossário abrange os principais temas e personagens presentes em *Quebrando o Código Da Vinci*. Alguns termos relacionados aqui não são mencionados em detalhes no livro, mas estão neste glossário por serem citados em *O Código Da Vinci*. *Quebrando o Código Da Vinci* afirma que os problemas sobre a retratação da história dos primeiros quatro séculos em *O Código Da Vinci* tornam as questões relacionadas aos séculos seguintes irrelevantes em termos históricos. Entretanto, incluí alguns destes temas no Glossário por razões de integralidade. Muito da história dos temas relacionados ao período medieval é contestado. Na verdade, a maioria das alegadas ligações que remetem a este período, segundo *O Código Da Vinci*, também são suspeitas. É muito provável que tudo o que é dito sobre o Priorado de Sião, fundado em 1956, seja fantasia. Um bom e resumido comentário sobre muitos assuntos ligados ao período medieval está no artigo de Sandra Miesel relacionado em nossa bibliografia.

Apocalipse de Pedro: Texto pseudônimo gnóstico-cristão do século III que trata Jesus como uma figura docética, isto é, alguém que apenas em aparência existiu como homem e Deus. Esta obra é mencionada no Código 4.

Apócrifo de João: Obra do gnosticismo mitológico do século II que Irineu critica em sua obra *Contra as Heresias*. Menciona a existência de um ser supremo de pura luz de quem provêm emanações como Cristo e Sofia, sabedoria divina freqüentemente retratada como feminina.

Ário: Pregador do início do século IV (morto no ano 335) que ensinava que Cristo não era inteiramente Deus e estava subordinado ao Pai. Sua visão, conhecida como arianismo, foi finalmente condenada no Concílio de Constantinopla, no ano 381.

Atanásio: Líder da Igreja durante o século IV (295-373) que foi contra Arius em Nicéia e cuja visão de Jesus prevaleceu neste Concílio. Foi o primeiro a usar o termo *cânone* e a escolher os 27 livros para o Novo Testamento que a maioria dos cristãos utiliza nos dias de hoje.

Cálice: Um copo. Em *O Código Da Vinci*, o cálice é uma alegoria para proteger a verdadeira natureza do Santo Graal como Maria Madalena.

Cânone: Termo que significa padrão. Refere-se aos livros aceitos pela Igreja como as Escrituras. Os livros canônicos foram reconhecidos pela Igreja depois de um período de tempo. Como já vimos no Código 5, os quatro Evangelhos — Mateus, Marcos, Lucas e João — já estavam bem estabelecidos no século II, muito antes do Concílio de Nicéia, em 325.

Cânone Muratoriano: Documento cristão do final do século II que contém uma lista com os livros aceitos e não aceitos pelas igrejas. Inclui explicitamente os quatro Evangelhos. Exclui de maneira explícita as obras de Marcion e Valentino. Este documento é descrito no Código 5.

Capela de Roslin: Um local a 10 km ao sul de Edimburgo, Escócia, ligado a várias lendas sobre documentos e objetos, incluindo o Santo Graal. Foi construída em 1446 para o príncipe de Orkney. Este é um local-chave no final de *O Código Da Vinci*.

Cavaleiros templários: Ordem militar monástica formada ao final da primeira Cruzada com a finalidade de proteger os peregrinos cristãos a caminho da Terra Sagrada. Surgiram em algum momento no ano 1118. Nunca antes disso um grupo secular de cavaleiros havia recebido os votos monásticos. Dessa forma, foram os primeiros monges guerreiros. Os templários lutaram ao lado do rei inglês Ricardo I — o Ricardo Coração de Leão —, rei de 1189 a 1899, e ao lado de outros cruzados nas batalhas pela Terra Sagrada. Os últimos destes cavaleiros foram executados pelo papa e outros legisladores entre os anos 1307 e 1314. São brevemente mencionados no Código 7.

Constantino: Imperador de Roma no início do século IV que se converteu ao cristianismo e reuniu o Concílio de Nicéia, no ano de 325.

Copta: Língua em que estavam escritos os textos gnósticos descobertos.

Demiurgo: Palavra grega que significa *realizador* ou *construtor*. Refere-se ao deus derivado do gnosticismo responsável pela criação das coisas materiais.

Diatessaron: Este trabalho de Taciano, do século II, escrito por volta do ano 172, é uma história única e contínua sobre Jesus. É o primeiro tratado sobre a vida de Jesus, isto é, a primeira tentativa de reunir em um único relato as várias fontes sobre Jesus utilizadas pela Igreja. Este termo significa "por meio dos quatro". Isto nos mostra que os quatro Evangelhos já estavam bem estabelecidos ao final do século II. Este trabalho é mencionado no Código 5.

Diocleciano: Imperador romano que no ano 303 emitiu um édito de perseguição aos cristãos e ordenou a queima de seus escritos sagrados.

Docetismo: Crença de que o Cristo divino apenas parece ter sido humano e sofrido.

Documentos puristas: Suposta coleção de textos do Priorado que contam a outra história de Cristo. São parte do que seria uma coleção ainda maior, os documentos ou o tesouro *Sangreal*.

Dossiês secretos, os: Documentos supostamente secretos que denunciam a genealogia de Jesus ocultada pela Igreja. É provável que estes documentos sejam pura fantasia. Os "dossiês secretos" mencionam muitas famílias existentes ainda hoje, incluindo os Plantards e os Habsburgos, como sendo descendentes dos merovíngeos. Também afirmam que as dinastias a partir de então foram usurpadoras devido ao pacto entre Clovis (ver *merovíngeos*) e a Igreja. Também estaria entre os documentos uma lista de grão-mestres de uma sociedade secreta; entre eles estaria Leonardo Da Vinci.

Dualismo: Veja *gnósticos*.

Essênios: Grupo religioso judeu do século I. Este grupo aparece nos Códigos 2 e 3. Muitos essênios eram separatistas e alguns provavelmente viveram em Qumran, comunidade judaica que viveu no deserto e esperou a libertação de Deus. A comunidade de Qumran data do século II a.C. até a derrota de Israel, no ano 70. Os famosos Manuscritos do Mar Morto foram encontrados em várias cavernas em Qumran, de 1947 a 1956.

Eusébio: Bispo de Cesaréia, na Palestina (ano 269 — ca. 339). Amigo de Constantino, escreveu a história do início da Igreja, conhecida como *História Eclesiástica*.

Evangelho de quatro livros: Os Evangelhos bíblicos de Mateus, Marcos, Lucas e João. Datam do século I e são o tema do Código 5.

Evangelho de Filipe: Outro Evangelho gnóstico do século II citado nos Códigos 1, 4 e 6. Este Evangelho mostra que Jesus tinha uma predileção especial por Maria Madalena.

Evangelho de Maria (Madalena): Um Evangelho gnóstico do século II. Nele há uma discussão entre Pedro e Maria analisada nos Códigos 1 e 6.

Evangelho de Tomás: Evangelho gnóstico anterior que se diz ser uma coleção de ditos de Jesus. Data da primeira metade do século II. Ainda são objeto de discussões acadêmicas se muitos destes ditos são do tempo de Jesus ou não. Provavelmente não o são. Este Evangelho é tema dos Códigos 4 a 6.

Gnósticos: Seita cristã dos séculos II e III que acreditava no dualismo, ou seja, na distinção entre a pureza do mundo imaterial e a fragilidade do mundo material. Seus membros também acreditavam que o Deus da criação não era o Deus puro, que havia uma distinção entre Jesus que sofreu na cruz e Cristo, que era o Salvador transcendente. Afirmavam que a revelação que receberam lhes daria uma compreensão particular sobre os outros escritos. A revelação lhes dava acesso à *gnose*, ou conhecimento sobre Deus. Este grupo e outros semelhantes a ele são o tema do Código 4.

Heresia: Termo que se refere aos falsos e errôneos ensinamentos que não refletem a verdadeira crença. Os Códigos 4 e 5 tratam de questões relacionadas a este tema.

Hipólito: Líder da Igreja que viveu entre o final do século II e início do século III. Suas considerações sobre Maria Madalena estão nos Códigos 1 e 6.

Hipóstase dos Arcontes: Texto gnóstico do século III que discute a criação e identifica muitas deidades da crença gnóstica. Aparece no Código 4.

Irineu: Líder da Igreja no século II. Sua principal obra é *Contra as Heresias*. Sua reação a outros Evangelhos que não Mateus, Marcos, Lucas e João aparecem nos Códigos 4 e 5.

Josemaria Escriva: Fundou a Opus Dei em 1928 (veja *Opus Dei*).

Justino Mártir: Líder da Igreja no século II que escreveu contra Marcion por volta dos anos 150-60. Suas obras mais importantes são *Diálogo com Trifo* e duas apologias conhecidas como *Primeira Apologia* e *Segunda Apologia*. Ele é mencionado no Código 5.

Marcion: Pregador do século II que rejeitava a influência do judaísmo no cristianismo e, portanto, defendia uma versão resumida de Lucas como o único Evangelho verdadeiro. Também afirmou ter recebido revelações diretas. Sua influência sobre a história cristã é discutida nos Códigos 4 e 5.

Maria Madalena: Seguidora de Jesus que recebeu dele um exorcismo. Também testemunhou sua morte, enterro e ressurreição. Estava entre as primeiras a saber da ressurreição de

Jesus e vê-lo ressurreto. Não era prostituta como alguns afirmam. Sua figura é debatida nos Códigos 1, 2 e 6.

Merovíngeos: Dinastia de reis franceses descendentes, segundo a tradição, de Meroveu, chefe dos franco-sálios, pai de Childeberto I e avô de Clóvis I, este, fundador da monarquia francesa. Clóvis I morreu no ano 511. A alegação de que eles são descendentes de Jesus carece de qualquer evidência histórica, como vimos nos Códigos 1 e 2. Estavam submetidos às autoridades do palácio, os carolíngeos, que se tornaram governantes dos francos quando Pepino, o Breve, depôs (751) o último rei merovíngeo, Childeberto III. São chamados por alguns de "a primeira linhagem real da França". Estiveram presentes do século V ao século VIII. *O Código Da Vinci* diz que o grupo de reis descende de Jesus e Maria. Esta família real e as alegações do romance estão brevemente mencionadas no Código 7.

Montanus: Pregador do século II que se valia de revelações pessoais como autoritárias. Sua influência é discutida nos Códigos 4 e 5.

Nag Hammadi: Local no deserto do Egito em que vários documentos gnósticos e de caráter gnóstico foram encontrados em 1945. Estes documentos são conhecidos como Biblioteca de Nag Hammadi. São discutidos nos Códigos 1, 4 e 6.

Nicéia: Concílio da Igreja reunido no ano 325 para discutir a definição da deidade de Cristo e a doutrina de Deus. As figuras centrais em Nicéia foram Atanásio, que defendeu a deidade completa de Cristo, e Ário, que defendeu a tese de que Jesus foi o maior dos seres já criado. A posição de Atanásio foi a preferida pelo Concílio. O Código 5 diz o que foi e o que não foi o Concílio de Nicéia.

Nova Escola: Ramo de estudos bíblicos cada vez mais influente que defende a idéia de que a história tradicional do cristianismo que relata uma batalha entre os campos ortodoxos e não-ortodoxos nos séculos II e III é anacrônica e precisa ser revista. Esta escola sustenta que os materiais apócrifos e extrabíblicos merecem maior atenção na retratação da história. Tal escola é discutida nos Códigos 4, 5, 6 e 7.

Opus Dei: A Opus Dei é uma Prelatura da Igreja Católica que ajuda leigos a buscar a santidade em cada atividade cotidiana, especialmente por meio do trabalho. Foi fundada em 1928 pelo padre católico de 26 anos de idade, Josemaria Escrivã, falecido em 1975 e canonizado pelo papa João Paulo II em 6 de outubro de 2002. A Opus Dei ajuda pessoas comuns a viverem a fé cristã, oferecendo suporte e formação espiritual em seus afazeres do dia-a-dia. Promove a conscientização do chamado universal à santidade — idéia radical de que todas as pessoas são chamadas por Deus a tornarem-se santos —, especialmente a santidade por meio do trabalho comum e rotineiro. Este objetivo é perseguido por meio de recolhimento, da meditação matinal e noturna, dos cursos de filosofia e teologia, do direcionamento espiritual particular, primeiro para seus membros, mas também para outros que desejam beneficiar-se destes serviços espirituais. A Opus Dei tem sido alvo de críticas por sua forte lealdade ao papa, aos bispos e à fé católica. O movimento é brevemente mencionado no Código 7 e na Introdução.

Orígenes: Líder da Igreja do final do século II. Suas visões são mencionadas nos Códigos 4 e 5.

Ortodoxo: Termo que se refere a uma crença verdadeira ou precisa.

Padres da Igreja: Termo genérico para designar os líderes da Igreja nos primeiros quatro séculos que se seguiram às primeiras gerações de cristãos. São figuras importantes nas discussões dos Códigos 4 e 5.

Pagão: Indivíduo que não é membro de religiões monoteístas (judaísmo, cristianismo e islamismo). O pagão pode adorar muitos deuses ou nenhum.

Pastor de Hermes: Obra cristã da metade do século II.

Pleroma: Termo que se refere à "Integralidade" ou "Plenitude". *Pleroma* refere-se ao verdadeiro, puro, transcendente e supremo Deus dos gnósticos. Esta idéia é analisada no Código 4.

Prelatura: Grupo organizado de prelados. Um prelado é funcionário a serviço da Igreja Católica. Há diferentes níveis de prelados: podem ser padres, bispos ou cardeais. A Opus

Dei é uma prelatura formada por leigos, tanto homens quanto mulheres.

Priorado de Sião: Em 1956, uma organização chamada Priorado de Sião foi registrada no cartório de St. Julien-en-Genevois, na França. Seus quatro membros eram André Bonhomme, presidente; Jean Delaval, vice-presidente; Pierre Plantard, secretário-geral; e Armand Defago, tesoureiro. Não se sabe se a organização continuou existindo depois da renúncia, em 1984, de Pierre Plantard, que se tornou grão-mestre. O presidente original, André Bonhomme, fez a seguinte declaração em 1996 no especial da BBC sobre o misterioso grupo: "O Priorado de Sião não existe mais. Nunca estivemos envolvidos em atividades de natureza política. Era só um divertimento de quatro amigos. Escolhemos o nome Priorado de Sião por causa de uma montanha com o mesmo nome que ficava ali perto. Não vejo Pierre Plantard há mais de 20 anos e não sei o que ele anda fazendo, mas ele sempre teve muita imaginação. Não sei por que as pessoas estão tentando transformar uma bobagem em uma coisa tão grandiosa". A afirmação de que o Priorado remete ao tempo das cruzadas é altamente contestável. Houve uma Ordem de Sião durante o período medieval ligada a uma abadia, mas não existem provas de que esta Ordem estivesse ligada aos templários. Uma breve referência a este grupo está no Código 7.

Q: Abreviatura usada nos estudos do Novo Testamento dos Evangelhos para a fonte de ensinamentos de Jesus que circulava durante o século I. Entende-se que materiais desta fonte estejam em Mateus e Lucas e fazem parte de cerca de 200 versos nestes Evangelhos. A maioria dos estudiosos do Novo Testamento aceitam a idéia de que tal fonte ou fontes de ensinamentos de Jesus realmente circularam durante os primeiros períodos da Igreja. Em *O Código Da Vinci*, este documento é parte de uma grande coleção de documentos secretos. Não existem manuscritos desta fonte. Sua reconstrução é feita por meio de comparações entre os Evangelhos. Este é um documento secreto e ainda oculto que *O Código Da Vinci* alega ter existido em alguma época.

Sang Real (ou Sangreal): Termo que significa "sangue sagrado" (ver *Santo Graal*). *O Código Da Vinci* afirma que Maria Madalena é o Santo Graal e que em seu túmulo estão os documentos do Sangreal. Entre eles estariam os que poderiam revelar a linhagem de Jesus. Isto é discutido no Código 1.

Santo Graal: *Graal* é uma variação da palavra francesa "prato". O Graal é um objeto sagrado não especificado que foi tema de muitas lendas e buscas durante as primeiras Cruzadas. Na cultura ocidental, a busca pelo Santo Graal é uma metáfora para uma busca difícil ou impossível. Entre os anos 1180 e 1240, surgiram inúmeras histórias sobre ele. O Graal, visto por algumas versões como um cálice, teria recolhido o sangue de Cristo crucificado. Supostamente teria sido levado para a Inglaterra há dois mil anos. Esta lenda data da era arturiana, no século VI. A versão da lenda conta que José de Arimatéia recebeu o Graal do Cristo ressurreto e que então o cálice fora levado para a Inglaterra. Porém, algumas versões tradicionais situam o cálice da Última Ceia em uma fortaleza dos cátaros, nos Pireneus, sob a guarda dos cavaleiros templários. Segundo *O Dicionário Católico*, a palavra em latim medieval *gradale* tornou-se *graal* ou *greal*, ou ainda *greel* em francês antigo, chegando ao inglês como *grail*. Outros atribuem a palavra ao termo *garalis* ou *cratalis* (*crater* significa tigela para mistura). Certamente significa prato. A explicação de *San greal* como "sangue real" não era conhecida até o final da Idade Média e por certo não tem nenhuma relação com a lenda original. Outras teorias etimológicas que surgiram podem ser consideradas ultrapassadas. Devido à sua associação com a Última Ceia, é retratado pelas lendas como um objeto de poder especial. O Graal é rapidamente citado na Introdução do livro e discutido nos Códigos 1 e 7. Em *O Código Da Vinci*, o Graal é Maria Madalena, símbolo do feminino, o feminino sagrado e a deusa perdida, cuja existência teria sido suprimida pela Igreja, tornando a figura feminina inimiga. Isso não tem nenhuma relação com as lendas originais sobre o Graal.

Segundo Tratado do Grande Seth: Esta obra gnóstica cristã do século II está em forma de diálogo revelador. Defende a idéia de que o Jesus que morreu na cruz não era o mesmo que o Cristo. Este livro é a favor de um Jesus docético. Está mencionado no Código 4.

Shekinah: Termo que se refere à "glória de Deus". A idéia de que este termo equivale ao nome de Deus, Yahweh, de forma que o masculino (Yahweh) e o feminino (Shekinah) existem em Deus, é pura fantasia.

Simbologia: Estudo dos símbolos.

Sirácida: Texto judaico de sabedoria do século II a.C. Este texto é mencionado no Código 3.

Taciano: Aluno de Justino Mártir e posteriormente seguidor de Valentino. É um pregador do século II que escreveu a primeira obra única sobre a vida de Jesus. Está mencionado no Código 5.

Tertuliano: Líder da Igreja do final do século II ao início do século III. Seu trabalho é mencionado nos Códigos 4 e 5.

Testemunho da Verdade: Pequeno texto gnóstico cristão encontrado em Nag Hammadi em mau estado de conservação. Uma defesa do cristianismo gnóstico. Foi escrito provavelmente no final do século II.

Valentino: Importante pregador do cristianismo gnóstico no século II. Seu trabalho ganhou importância com as críticas de Irineu e Tertuliano. É tema do Código 4.

Yahweh: Nome hebraico para o Deus de Israel.

Bibliografia Selecionada

As traduções dos Evangelhos extrabíblicos são de James M. Robinson, editor, *A Biblioteca de Nag Hammadi*, edição revista (São Francisco: HarperSan Francisco, 1990).

Em alguns casos, cruzei e verifiquei tais traduções com outras, em alguns trabalhos citados a seguir. Essas traduções são uma parte até mais compreensível da coleção editada por Robinson, *A Edição Exata dos Códigos de Nag Hammadi* (Leiden: E. J. Brill, 1972–1984). A coleção vem sendo reimpressa em seu quinto volume em *A Biblioteca Gnóstica Copta: Uma Edição Completa dos Códigos de Nag Hammadi* (Leiden: E. J. Brill, 2000), uma forma condensada do quadragésimo volume, publicado entre 1975 e 1995. Para aqueles que procuram investigar estes textos em sua forma mais primitiva, esta é a melhor fonte.

Citações de Padres da Igreja vêm de Alexander Roberts e James Donaldson, editores, com notas de A. Cleveland Coxe, *Os Padres Antinicênicos: Traduções de Escritos dos Padres de 325 d.C.* Esta é a edição norte-americana da série, publicada originalmente em 1867–85. Isso explica a essência das mais velhas traduções em inglês.

BAIGENT, Michael, LEIGH, Richard e LINCOLN, Henry. *Holy Blood, Holy Grail*. Nova York: Dell Doubleday, 1982.

BAUCKHAM, Richard. *Gospel Women: Studies of the Named Women in the Gospels*. Grand Rapids: Eerdmans, 2002.

BLOMBERG, Craig. "Book Review of *The Da Vinci Code*: A Novel". *The Denver Journal: An Online Review of Current Biblical and Theological Studies* 7(2004). www.denverseminary.edu.

BOCK, Darrell L. *Blasphemy and Exaltation in Judaism and the Final Examination of Jesus*. Wissenschaftliche Untersuchungen zum Neuen Testament 2 Reihe 106, ed. Martin Hegel e Otto Hofius. Tübingen: Mohr/Siebeck, 1998.

________. "Was Jesus Married to Mary Magdalene? All the Available Evidence Clearly Points to an Answer of 'No'". ABCNews.com, 12 nov. 2003.

BROCK, Ann Graham. *Mary Magdalene, The First Apostle: The Struggle for Authority*. Harvard Theological Studies 51. Cambridge, MA: Harvard University Press, 2003.

BROWN, Dan. *The Da Vinci Code: A Novel*. Nova York: Doubleday, 2003.

CROSSAN, John Dominic. "Why Jesus Didn't Marry". Beliefnet.com, outono de 2003.

HENGEL, Martin. *The Four Gospels and the One Gospel of Jesus Christ*. Harrisburg: Trinity, 2000.

HURTADO, Larry. *Lord Jesus Christ: Devotion to Jesus in Earliest Christianity*. Grand Rapids: Eerdmans, 2003.

JANSEN, Katherine Ludwig. "Mary Magdalena: *Apostolorum Apostola*". In *Women Preachers and Prophets through Two Millennia of Christianity*. Ed. Beverly Mayne Kienzle e Pamela J. Walker. Los Angeles: University of California Press, 1998, pp. 57-95.

JENKINS, Philip. *Hidden Gospels: How the Search for Jesus Lost Its Way*. Oxford: Oxford University Press, 2001.

JONES, F. Stanley, ed. *Which Mary? The Marys of Early Christian Tradition*. Série 19 do Simpósio da Sociedade de Literatura Bíblica, ed. Christopher Matthews. Atlanta: Sociedade de Literatura Bíblica, 2002.

KANTROWITZ, Barbara e UNDERWOOD, Anne. "The Bible's Lost Stories". *Newsweek*, 8 dez. 2003, p. 48-49.

KING, Karen L. *The Gospel of Mary of Magdala: Jesus and the First Woman Apostle*. Santa Rosa, CA: Polebridge Press, 2003.

KOESTER, Helmut. *Ancient Christian Gospels*. Filadélfia: Trinity Press International, 1990.

MATHEWES-GREEN, Frederica. "What Heresy?". Beliefnet.com, 12 jul. 2003, e ChristianityToday.com. *Books and Culture*, nov./dez. 2003.

METZGER, Bruce M. *The Canon of the New Testament: Its Origin, Development, and Significance*. Oxford: Clarendon, 1987.

MIESEL, Sandra. "Dismantling the Da Vinci Code". *Crisis Magazine*, 1º set. 2003.

O'COLLINS, Gerald e KENDALL, Daniel. "Mary Magdalene as Major Witness to Jesus' Resurrection". *Theological Studies* 48 (1987): 631-46.

PAGELS, Elaine. *Beyond Belief: The Secret Gospel of Thomas*. Nova York: Random House, 2003.

_______. *The Gnostic Gospels*. Nova York: Vintage Books/ Random House, 1979.

IMPRESSÃO E ACABAMENTO
Yangraf Gráfica e Editora Ltda.